不条理な男

樹生かなめ

white heart

講談社X文庫

目次

イラストレーション／奈《な》良《ら》千《ち》春《はる》

不条理《ふじょうり》な男《おとこ》

滝沢明人《たきざわあきと》と室生邦衛《むろおくにえ》は生まれる前から知り合いだった。

なんてことはない、母親同士が遠い親戚《しんせき》で姉妹のように仲がよかったのだ。

役所勤めの父を持つ沙智子《さちこ》はメーカー勤務のサラリーマンと結婚し、明人を産んだ。落花生《らっかせい》の名産地に住み、一円でも安いものを求めてスーパーをはしごする。どこにでもいる専業主婦だ。

祥子《しょうこ》は代議士である父親の命令で、資産家の室生清衛《きよえ》と結婚した。室生家は旧大名華族で清衛は第十七代目の当主である。結婚してから二年目にして授かった子供が第十八代当主となる邦衛だ。

家庭環境が違っても、初めて会った時からどういうわけか馬が合った二人である。当然のように沙智子と祥子はお互いの息子を連れて会った。

二人の息子は同い年、いい遊び相手になるだろう。たとえ、生まれた家が違っても、最高の親友同士になるかもしれない。そう、母親同士のように。

「ばぶっ……」

「ばぶばぶばぶばぶっ」

オムツ姿の明人と邦衛は、大人には窺《うかが》い知《し》れないところで交流を深めている。沙智子と祥子は笑っていた。

「ばぶーっ」

「ばっばっ……ぶーっ」

明人が邦衛の腕を噛《か》んでも、邦衛が明人の耳を引っ張っても、二人の母親は楽しそうに笑っていた。

特に、祥子は無理やり笑っていた。

近所に住んでいるわけではないので、頻繁《ひんぱん》に会うことはできない。それでも、暇を見つけては会った。毎回といっていいほど、祥子が沙智子のところに会いに行くのだ。お抱え運転手がいるので祥子のフットワークは軽い。

明人と邦衛は五歳になっていた。

子供たちは窓辺で仲良くじゃれ合っている。そこから少し離れた座卓で母親たちは話し込んでいた。

「明人くん」

「なあに？」

「大きくなったら、邦衛くんの愛人にしてあげるね」

あどけない邦衛の口から出たセリフはとんでもなかった。うっ、と二人の母親は唸《うな》っている。

もちろん、明人は愛人なる言葉の意味がわからない。

「愛人ってなぁに？」

「明人くんにマンション買ってあげる」

「ふぅ〜ん」

「月五十万でいいね」

青いオーバーオールを着ている邦衛は金で女を囲うバブルオヤジとなっている。クマのアップリケのついているトレーナーを着ている明人は囲われる美女だ。

二人の母親は呆然《ぼうぜん》とした顔で様子を窺《うかが》っていた。

「ふぅ〜ん」

「いやなの？　明人くんは邦衛くんのことがいや？」

「いやじゃないよ」

「明人くんは邦衛くんのこと好き？」

「好きだよ」

「じゃあ、大きくなったら邦衛くんの愛人になってね」

「いいよ」

やっとのことで沙智子が口を挟んだ。

「邦衛くん、明人は男の子だから愛人は無理よぅ」

「男の子だからお嫁さんにできないもん」

「あ、そっか……」

ポン、と手を叩《たた》いた沙智子だったが、顔色を変えた。

「そうじゃない、男の子同士で……ううん、その前に、いったいどこでそんな言葉を覚えてきたの……って、ごめん、祥子」

幼い邦衛がどうしてあのような言葉を知っているのか思い当たった沙智子は、耐えるだけの日々を送っている祥子に詫《わ》びた。

側室を何人も持った先祖同様、旧大名華族・室生家第十七代当主の女性関係は若い頃から華やかだった。

いや、華やかなんてものではない。

ちょっと気に入った女性が現れたら口説き、速攻で落とし、金で囲う。妊娠したら産ませるし、ちゃんと認知もする。養育費もきっちりと振り込む。そんなことが何度も何度も何度も繰り返されていた。

祥子が妻として室生家に入る前から愛人が三人もいたのだ。一人は清衛が十代の頃に手をつけた南《みなみ》山《やま》静子《しずこ》、家政婦として室生家に勤めていた離婚歴のある女性である。清衛より七歳ほど年上で、子供はいない。ほか、深川《ふかがわ》の元芸者と赤坂《あかさか》のホステス、それぞれにグレードの高いマンションを買い与え、月々莫大《ばくだい》な生活費を渡している。

今でも清衛の女道楽は止まっていない。

清衛は端正な顔立ちをしたスマートな紳士であるし、金回りもよいので、どんな女性も靡《なび》くのだ。

祥子は大きな溜《た》め息《いき》をついた後、真っ青な表情を浮かべている沙智子に言葉を向けた。

「あの人、邦衛くんの前でも女の方を口説いているのかしら」

「いくら清衛さんでも子供の前で女を口説いたりしないでしょう。邦衛くん、テレビでも見ていて覚えたんじゃない？　うちの明人だってろくでもない言葉を覚えるから困っちゃって。私に向かって『ババア』ですって、まったくもうっ。ちょっと前までは私がいないとぴぃぴぃ泣いたくせに」

「私、テレビは嫌いだし、邦衛くんだってあまりテレビは見ないわ」

「幼稚園で覚えてきたんじゃない……って、ごめん」

邦衛は幼稚園に通っていない。なんと、邦衛はお昼寝をするのがいやで幼稚園で派手に暴れたという過去があるのだ。祥子は幼稚園に通わせようとしたが、清衛はあっさりと退園させた。清衛自身、幼稚園などに通ったことはない。乳母《うば》と家庭教師で育っていた。

「清衛さんの愛人、また増えたの」

「え？　また？」

「今は七人、子供は六人」

「清衛さん、邦衛くんのほかに六人も子供がいるの……」

「私、清衛さんがあんなに女癖が悪いって知っていたら、どんなに言われても結婚しなかったわ。認知している子供が二人いるとは聞いていたけど、それはもうああいう立場の人だから仕方がないって……」

良家の娘に生まれ、美貌《びぼう》も誉《ほ》めそやされ、頭もよい。すべてを持っていると妬《ねた》まれてばかりいた祥子が、今は夫の女癖で苦しんでいる。

見事な日本庭園を持つ大邸宅に住み、使用人たちにかしずかれ、老舗《しにせ》の婦人服店で作らせた衣服と宝石で身を飾っている祥子は、外から見れば優雅な奥方だ。しかし、内情は凄《すさ》まじい。

ただ、祥子は妻として清衛にはとても大事にされている。妻の座が脅《おびや》かされたことは一度もない。飾り物、という陰口を叩《たた》かれてはいるけれども。

「あの女好きは病気だから仕方がないんだけど」

「確かに、病気だわ。まぁ、それだけ甲斐性《かいしょう》があるってことで。うちの主人なんてタヌキ面《づら》だし、お金も持っていないから、愛人さんを作りたくっても作れないのよ。若い女子社員には『タヌ沢』って呼ばれてるし」

私はタヌキの妻〜っ、明人はタヌキの息子〜っ、お腹《なか》の中にいる子もタヌキの娘〜っ、うちはタヌキ一家〜っ、ポンポンタヌキ〜っ、ポンポンポンポンっ、と沙智子はタヌキ一家音頭《おんど》を歌った。作詞・作曲、ともに沙智子である。音楽著作権使用料は不要だ。

「優しくて誠実な方だわ」

「あの顔とあのでっぷりとしたお腹《なか》と安月給で性格まで悪かったら結婚してない。おまけに、頭も悪いし、要領も悪い。優しいところしか取り柄がないのよ。騙《だま》されて結婚したとしても離婚してるわ」

「離婚か……」

祥子も離婚を考えないわけではないのだろう、やり直すなら少しでも若いうちにだ。しかし、政略結婚である。祥子が室生家から出れば実家の父や弟が困るに違いない。今、特に、祥子の父親は政界で苦戦している。

「清衛さんもいい方だと思うわ。ただ、お殿様なだけよ」

「ええ、離婚はできないわ」

「私も勧められない。祥子に働くなんて無理だと思う」

姉妹のように仲がよいが、二人の生まれ育った環境も立場もまったく違った。沙智子は庶民、祥子は根っからのお嬢様である。

祥子の父が政略で嫁がせた娘を受け入れることは難しいだろう。結果、祥子は邦衛を抱えて働かなければならない。陰で実家の援助を受けるにしても、どこまで助けてくれるか不明だ。

「一度ぐらいお勤めしてみたかったわ」

「それ、普通のＯＬが聞いたら罵《ののし》るわよ。朝も夜も満員電車に耐え、安月給に耐え、サービス残業に耐え、宴会になったらセクハラオヤジに変身する嫌みな上司とネチネチといやらしいお局《つぼね》様に耐え、クソ生意気な後輩社員にも耐え、本当に耐えて耐えて耐え続けるんだから」

「どこでも耐えるのね」

「そうよ。私、お局様とクソ生意気な後輩の間に入って大変だったんだから。女の敵は女よ。あれがなきゃ、私はタヌキと結婚してないわ」

「タヌキって……」

「うちの旦那《だんな》、タヌキそのものでしょう」

「………」

「はっきりと言っていいのよ、タヌキって」

「他人から『タヌキ』って言われたらいやなくせに」

二人は顔を見合わせると微笑《ほほえ》んだ。それから、二人の息子たちに視線を流す。

「ハワイに連れていってあげる」

「ハワイ？」

明人と邦衛は相変わらず、愛人ごっこをしている。

「うん、ハワイ」

「どこにあるの？　幼稚園よりあっち？」

「わかんない。でも、連れていってあげる」

「うん」

「パリにも連れていってあげるね」

「どこにあるの？」

「わかんない。でも、連れていってあげる」

「うん」

「なんでも好きなもの買っていいよ」

「え？　ほんと？」

「うん」

小さな邦衛の口から出るセリフは、清衛が愛人に言っていた言葉なのだろう。邦衛がアレンジしているかもしれないが、ほぼ同じと思っていいはずだ。

「明人くん、こっち向いて」

「うん？」

チュッ、という音が鳴る。

邦衛に可愛《かわい》いキスをされた明人は驚いている。すると、再び、邦衛は明人のぽてっとした唇にキスを落とした。

「男の子だったら妊娠はしないわね。マンションと生活費だけですむわ」

息子のキスシーンを見た祥子の漏らした一言は、いろいろな意味で強烈だ。沙智子は笑いながら言い返した。

「私たちも住めるような広いマンションを買ってもらうわよ。生活費だって弾んでもらうからね。明人にはジジ・ババがついているわよ〜っ」

「明人くんが女の子だったら邦衛くんのお嫁さんになってもらうのに」

「明人、玉《たま》の輿《こし》を逃したわね。あ、性転換させたらいいのかしら」

「沙智子、なんてことを……」

「男として生きるより、女として生きるほうがお金になるなら、ううん、女として生きるほうが幸せになるなら、そっちのほうがいいかもしれない。邦衛くんが責任を取ってくれるなら性転換させてもいいわ」

沙智子は真剣に長男の長女への転換を考えている。

「沙智子は面白い考え方をするわね」

「タヌキが運んでくる給料を考えればこれくらい思いつくわよ。オカズの文句を一度でも言ったら離婚するって宣言してるの」

「うちの清衛さんはグルメだから大変」

「お抱えのシェフがいるから祥子は楽でしょう？」

「可哀相《かわいそう》で見ていられないのよ」

「相変わらず、優しいわね」

うららかな春の日が差し込む窓辺では、明人と邦衛が二人だけの世界を作っていた。

何があっても時間が止まることはない。月日は流れ、明人《あきと》と邦衛《くにえ》は大学三年生、二十一歳になった。

起きているのはいつ救急車で運ばれてもおかしくない老教授だけではないのかという、眠いだけの講義がやっと終わった。

「じゃあな」

桜田《さくらだ》雅紀《まさき》はバイトがあるので、教室から飛びだしていく。本日はファミリーレストランとレンタルショップの掛け持ちだ。

「じゃあ」

平野《ひらの》立良《たつよし》もガラス工場でのバイトがあるので出ていった。

「邦衛、終わったぞ。起きろよ」

明人は講義開始とともに眠りの国の住人になっていた邦衛を起こした。

「ああ……」

「最初から最後まで寝ていたな」

「ああ」

これで本日の講義はすべて終了、クラブやサークルに所属していない明人と邦衛は自宅に帰るだけだ。

「明人、これから美里《みさと》と会うんだ。行くぞ」

邦衛のセリフは命令口調で、断られるとは思っていない。こういうことは今回が初めてではないが、明人は呆《あき》れるしかなかった。

美里というのは惚《ほ》れっぽい邦衛が一週間前に一目惚《ひとめぼ》れして、速攻で口説いた彼女だ。要した時間は約十分、見事な早業《はやわざ》でお嬢様大学の清楚《せいそ》な美女を落とした。以来、二人の間では一日五回以上のメールが飛び交い、隔日の間隔で会っている。

出会って十分、これは邦衛の際立《きわだ》つルックスがあってこそだ。身長は百八十八センチ、着痩《きや》せするタイプなので細く見えるが筋肉質で逞《たくま》しい。おまけに、肩幅が広いし、腰の位置が高いのでとてもバランスがよかった。左右対称の目は切れ長、鼻梁《びりょう》は高くどこか貴族的、頬《ほお》のラインはシャープ、近寄りがたい怜悧《れいり》な美貌《びぼう》に息を呑《の》む女性は多い。

身につけているものはいつもすべてブランドもの、本日はD&Gのジャケットとパンツだ。腕時計はロレックスのデイトナで五百万円台のもの、愛車は黒のフェラーリである。資産家の息子を体現していた。

　見た目は抜群、有名私大・桐蔭義塾《とういんぎじゅく》大学の三年生、普段は無口だが口説き文句は惜しまない。これだけ揃《そろ》っていれば気位の高いお嬢様も靡《なび》かずにはいられない。

「どうして俺が……」

「お前も来い」

「デートは二人でしろ」

　明人は涼やかな目を吊《つ》り上《あ》げながら言い放つ。

　前回も前々回のデートにもつき合い、明人は美里からなんともいえない目を向けられた。彼女の言いたいことは聞かなくてもわかっている。

　しかし、邦衛には通じていない。

　迫力のある怜悧《れいり》な美貌《びぼう》に凄《すご》まれた。

「どうしてついてこない？」

「あのな……」

「行くぞ」

「待て、美里ちゃんにまた怒られるぞ」

「いいから、来い」

　腕を摑《つか》まれて、階段教室を出る。

　強引な邦衛に明人が折れるのはいつものことだ。

枯れ葉舞い散る秋のキャンパス内、圧倒的に少ない女子学生の視線が邦衛のルックスに集中している。

「あの人、カッコイイわね」

「ああ、経済学部の邦衛くんよ」

女子学生が三人いたら一人は必ず邦衛の顔と名前が一致する。

「経済学部の室生《むろお》邦衛くん？　あの人が？」

「そう、彼が噂《うわさ》の邦衛くん」

「教育学部の榎本《えのもと》さんの元カレね」

「あの人が榎本さんの元カレか。ってことは、岡本《おかもと》さんと小川《おがわ》さんの元カレでもあるわね」

「小川さんの元カレってことはミス聖マリアンナ女学院の元カレじゃない」

どこにいても邦衛は目立ち、人々の話題に上った。

いや、明人にしてもまずまずの容姿を誇っている。

顔立ちは評判の美人である母親似でどちらかといえば女顔、濡《ぬ》れた瞳《ひとみ》が印象的だ。百八十四センチの長身で手足も長い。高校までは邦衛と一緒にバスケットボール部に所属していた。身につけているものはノーブランドのパーカとジーンズだが、秀麗な容姿を落とすことはない。

明人一人ならば、明人に視線が集中するだろう。しかし、隣に邦衛がいるので明人の存在が霞《かす》む。

邦衛には他《た》を圧倒する華があった。

それは誰もが認めるところだ。

「あの子……」

校門を出た時、文学部一の美女と目されている河合十和子《かわいとわこ》が視界に入った。容姿もゴージャスだが服装もまた一段と華やかだ。これからどこのパーティに出るのですか、というような服装で大学に通っている。髪型はセレブ風の巻き髪、どんな技を駆使しているのか不明だがきつい風が吹いても崩れない。大学祭では惜しくもミス・キャンパスを逃した美女である。服装がもう少し地味だったら、彼女がミス・キャンパスだったに違いない。普通の男なら気後《きおく》れしてしまう華やかな美女だから。

「ああ、美人だな。けど、美里ちゃんの前でほかの女を誉《ほ》めるなよ」

「わかってる。それで、あの子、あんなに胸が大きくてよく歩けるな。重くないんだろうか？」

これはふくよかな胸を持たない男の素朴な疑問だろうが、ポーカーフェイスで淡々と言うセリフではないだろう。邦衛らしいといえばらしいのだが。

「俺に訊《き》くなよ」

「そうだな」

「美里ちゃんにでも訊《き》け」

「美里はあまり胸がない」

「そうなのか？」

「ああ」

「それも美里ちゃんには言うなよ」

「自分でも言ってる」

「それでも、お前は言うな」

「わかったよ」


大学から十分ほどで駅前に着く。

さまざまなショップが入っているビルがいくつも立ち並び、大手都市銀行や信用金庫、郵便局もある。英会話教室や資格取得の専門学校も多かった。付近ではコンビニとリーズナブルなカフェがやたらと目につく。

待ち合わせのメッカ、駅前にある噴水では、白い襟付きのクリーム色のワンピースを着た美里が携帯を見つめながら待っていた。控えめにカラーリングしている髪の毛はレイヤーが入った肩までのセミロング、指には邦衛から贈られた銀の指輪が輝いている。首元を飾っているティファニーのネックレスとカルティエの腕時計も、邦衛からのプレゼントだ。

デートの際、割り勘なんてことは一度もない。

邦衛は彼女に金を惜しまなかった。

彼に不景気の波は及んでいない。

「美里」

「邦衛くん……あ、明人くん……」

邦衛を見つけた美里の笑顔は、明人の存在で瞬《またた》く間《ま》に醜く歪《ゆが》んでいった。

どうして今日も明人くんがいるの?

美里の目は雄弁に語っている。

明人には美里の気持ちが手に取るようにわかる。薄い微笑を浮かべている邦衛の肩をポンと叩《たた》いてから、手を振った。

「じゃ、俺はこれで……」

「明人、どこに行くんだ?」

明人は二人に背を向けた。しかし、邦衛に腕を摑《つか》まれてしまう。

「じゃあな」

「待てよ、これからデートなんだ。お前も来い」

「デートは二人でするもんだ。邪魔者は消えてやる。またな」

今まで、何度このセリフを邦衛に投げただろう。

「帰るな、お前も来い」

「馬鹿《ばか》野郎、二人で行け」

「お前、どこか、行きたいところがあるのか？　そこにつき合ってやるから」

きびすを返した明人の意図など、邦衛にはまったく通じていない。

「違う」

「なら、どうして帰るんだ。まさか、僕以外の奴と遊びに行くのか？」

独占欲の強い邦衛は、明人がほかの友人と遊びに行くのをとてもいやがる。おかげで、明人には友人らしい友人がいない。せいぜい、サバけている雅紀と一匹狼《いっぴきおおかみ》タイプの立良ぐらいだ。彼らは邦衛とも上手《うま》くつき合っている。

「家に帰るだけ」

「見たいテレビでもあるのか？　録画していなかったのか？」

「お前と美里ちゃんは二人きりでデート、俺は家で寝る。それじゃあな」

「待てよ、疲れているのか？　じゃあ、今日はうちでメシを食おう」

それまで、無言で二人のやりとりを聞いていた美里が初めて口を挟んだ。

「邦衛くん、今日は恵比寿《えびす》の『ピッツェリア・ピアット』に行く約束だったわよね？」

「明人が疲れてるみたいだから次にしよう。今夜はうちでピザを取って食べようか……って、明人、どこに行く。待て」

　今までの経験上、そろそろヤバイ。

　明人は揉《も》めそうなカップルから去ろうとした。

　だが、明人の左腕と腰は邦衛の逞《たくま》しい腕に拘束されている。

「邦衛くん、私と二人だけでデートするのがいやなの?」

「違う」

「それじゃ、どうして?」

「俺がいない間、明人が誰かと仲良くするかもしれない。こいつは目が離せないんだ」

　美里ちゃんの可愛《かわい》い顔が歪《ゆが》んでいる。

　これはヤバイ。

　絶対に始まる。

　巻き込まれるなんて冗談じゃない。

　明人は必死になって逃げようとしたが、邦衛の力もますます強くなる。

　そんな様を見ていた美里、いや、歴代の邦衛の彼女から飛びだすセリフは決まっていた。

「あの……前から訊《き》きたかったんだけど、邦衛くんと明人くんって……その……その……そういう関係なの?」

「……ん？　わからない。おい、明人、逃げるなって言ってるだろ。美里、今日はうちに行こう」

美里の口から例の常套句《じょうとうく》が出た。

「こんなこと言いたくなかったけど、私と明人くん、どっちが大切なの？」

「明人」

その瞬間、邦衛の頰《ほお》が鳴った。

真っ赤になった美里の指からティファニーのリングが抜き取られ、贈り主である邦衛の顔に投げつけられる。

「ふざけないで、もう二度と会わない」

美里は涙声で叫んだ後、駅のほうへ向かう。

邦衛は殴られた頰を摩《さす》りながらポツリと呟《つぶや》いた。

「僕、またフラれたのか」

「邦衛、美里ちゃんは走っていない。お前に追ってきてほしいんだよ。行け」

いったい、今まで、何度このようなことがあっただろう。

出会って十分、最後まで、そんな離れ業でゲットした彼女たちは十人以上。

その彼女たちとのつき合い方はすべて同じ、出会った日以外、いつでもどこにでも明人を連れていくのだ。最初は笑って許していた彼女も怒りだす。

結果『私と明人くん、どっちが大事なの？』の詰問《きつもん》が飛びだすのだ。

いつも迷うことなく、邦衛は答えている。

『明人』だと。

一部ではすでに『邦衛と明人はホモ』と認定されていた。明人としては複雑な気分だったが、邦衛はどこ吹く風で流している。

「よし、行くか」

邦衛に腕を引っ張られた明人は溜《た》め息《いき》をついた。

「どうして？」

「だから、お前一人で行け」

「お前、美里ちゃんがどうして怒ったのかわからないのか？」

いくらなんでもそれぐらいわかるだろう、と明人は眉《まゆ》を顰《ひそ》めながら邦衛の整った顔を見つめた。

「お前のほうが大切だって言ったからか」

「わかってるじゃないか」

「あ……もういいよ、美里のことはもういい」

美里にフラれたというのに邦衛はサバサバとしている。あまりの豹変《ひょうへん》ぶりにさすがの明人も驚いてしまった。

「は……？」

「もういい」

惚《ほ》れっぽいし、飽きっぽい。

わかってはいたつもりだが、邦衛はどうしようもない男だった。

「は……」

「帰ろうぜ」

「………」

「いや、なぁ、ピザを食って帰らないか？　ステーション・ビルの中にピザの専門店がある。石窯《いしがま》で焼いた生地がパリパリとしてて美味《うま》いんだ。ピザは生地が命、生地が美味いとトッピングなんてなんでもいい」

邦衛は無口なくせに、口説き文句とハマりものの蘊蓄《うんちく》になると途端に饒舌《じょうぜつ》になる。

朝食は冷凍のマルゲリータのピザとシーフードのピザ、どちらも二十五センチサイズ、邦衛は一人でペロリと食べた。昼食は大学の近くにあるトラットリアでゴルゴンゾーラのピザとポテトとベーコンのピザ、どちらも三十六センチ、邦衛は一人で平らげた。夕食もピザだと予想はしていた。おそらく、明日の朝も昼も夜もピザだろう。

邦衛の食生活は途方もない。

三週間前、いきなりピザにハマった。すると、毎日毎食ピザなのである。おそらく、あと一週間はピザだけの日々が続く。

ちなみに、ピザの前はそばにハマっていた。朝はかけそばとたぬきそば、昼はてんぷらそばととろろそば、夜は山菜そばと茶そばと月見そば、一食につき二種類以上のそばを食べていたのだ。いつそばアレルギーになっても不思議ではない、そんなそばづくしの日々は、ピザとの出会いで終わりを告げた。

誰も異常な食生活を止めることはできない。

邦衛は驚くほど丈夫で、健康を害したことが一度もなかった。

「ピザはもう食い飽きた」

「どうして？　ピザは美味《うま》い」

「確かに、美味い。だが、毎日食べるモンじゃない。チーズとかペンネですら、俺はもういやだ」

邦衛のピザづくしにつき合って、食生活がイタリアンに染まっているのが明人だ。ピザは問題外、パスタやチーズ、オリーブオイルにもすでに飽きていた。

「僕は一食につき一枚のピザを食べないと気がすまない」

「お前一人で食っていけ」

「冷たいな」

「なら、美里ちゃんにつき合ってもらえ」

明人が噴水の前から自宅に向かって歩きだすと、邦衛もついてきた。

「帰るか」

「ああ……」

二人は一緒に住んでいる家に向かう。

都会らしい駅前の喧騒《けんそう》が薄れた町並みに入ると、メモを見ながらよろよろと歩いている老人が視界に入った。深みのある赤の帽子に赤いツーピース、胸には薄いピンク色のコサージュ、とてもお洒落《しゃれ》な老婦人だ。にっこりと微笑《ほほえ》みながらこちらに近づいてくる。

「すみません、五丁目の十二ってどこら辺なのかしら？」

お洒落な老婦人が差しだした地図を見た明人と邦衛は視線を交差させる。二人が住んでいるところの近所だ。

「五丁目って『ベルマン』の近くか？」

「ん……『ベルマン』の南あたりかな。あ、ご案内します」

邦衛は老婦人の道案内に立候補する。

「え？　いいの？　ありがとう」

「いいですよ。お持ちします」

邦衛は老婦人が持っていた洋菓子の紙袋を手にする。清々《すがすが》しい青年に老婦人の笑顔は菩《ぼ》薩《さつ》となった。

「助かるわ」

「お役に立てたら嬉《うれ》しいです」

「ありがとう。お友達に五人目のお孫さんが生まれたお祝いに行くの。何度も行ったことがあるのに迷ってしまったのよ。歳《とし》ですね。お婆《ばあ》ちゃんってこういうものなのよね」

「素敵です」

邦衛が言うように、とても素敵な老婦人だった。それは明人も反論しない。

「まぁ……」

「とても魅力的です」

「お上手ね」

邦衛と老婦人の会話が弾んでいる。

なんの目的もなく、邦衛がこのようなボランティアをするわけがない。明人にいやな予感が走った。

いくらなんでも、いくらなんでも違うよな。

今までの最高年齢は五十六歳、三十五歳と三十三歳の子供がいたが、まだ女性だった。

このお婆《ばあ》ちゃんはどこからどう見てもお婆ちゃんだ。顔や手にも年輪がくっきりと刻まれている。

違うよな。

いくらなんでもこのお婆《ばあ》ちゃんに一目惚《ひとめぼ》れしたわけじゃないよな。

明人は恐る恐る邦衛の顔を見た。淡々としているので一見わからない。だが、つき合いの長い明人にはわかる。邦衛はターゲットを仕留めるハンターになっていた。

もちろん、ターゲットは一人で歩くのも少々危なっかしい老婦人だ。

「お世辞じゃありません」

「ありがとう、私にはあなたみたいな歳《とし》の孫が三人もいるのよ。でも、孫よりもずっとあなたのほうがかっこよくて優しいわ」

「ありがとうございます。僕とつき合ってもらえませんか？」

やっぱり、それが目的かっ、と明人は目の前が真っ白になった。

邦衛の一目惚れの相手に歳の制限はない。信じられないほど守備範囲の広い男なのだ。

でも、肝心の老婦人は何を言われたのかよくわからなかったらしい。菩薩《ぼさつ》のような笑みを浮かべたまま、真剣な顔で口説こうとしている邦衛に訊《き》き返《かえ》した。

「はい？　どこにつき合うの？」

「旦那《だんな》さんがいても僕は構いません。僕とつき合ってください」

「え……？」

「僕の彼女、いやですか？」

「彼女？」

「僕の恋人になってください」

ここでやっと老婦人は何を言われているかわかったらしい。でも、孫のような歳《とし》の男からの告白を冗談だと思っていた。

「恋人？　恋人？　まぁ〜、私は七十八だけど？」

「構いません」

「あらあらあらあら……長生きはするものね、楽しいこと」

老婦人はとても嬉《うれ》しそうで、菩薩《ぼさつ》スマイルの背後には可憐《かれん》な花が咲《さ》いている。邦衛はといえば、クールな二枚目で決めていた。

「本気です」

「まぁ〜嬉しいこと。いい冥土《めいど》の土産《みやげ》ができたわ」

「冥土の土産なんて言わないでください。僕と新しい人生を歩きましょう」

今の邦衛の心の中に美里はもういない。もしかしたら、美里とつき合っていたという思い出もないのかもしれない。呆《あき》れるほど綺麗《きれい》さっぱり忘れている。今は目の前にいる菩薩スマイルの老婦人に夢中だ。

「まぁ〜、そんな嬉しいこと、言われたの初めてですよ。初めて。なんて優しい子なんでしょう」

「幸せにします」

「まぁ〜、あ、お小遣いをあげるわ。アイスでも買って食べてちょうだい」

「そんなのいりません。アイスが好きなんですか？　僕がアイスを買ってあげます」

「あらあらあらあら……」

「りんごとアイスのピザってどうですか？　美味《おい》しいですよ」

「それは何？」

「りんごとアイスクリームのピザです」

「ピザってなあに？」

世代があまりにも違いすぎて意思の疎通が難しい。

「えっと……」

「ごめんなさいね、おばあちゃんなのよ。でも、ぴざ……そのぴざは食べたことはないわ。食べ物よね？」

「はい、食べ物です」

「今はいろいろな食べ物があるのよね」

「一緒に食べましょう」

そうこうしているうちに目当ての場所に辿《たど》りついた。

典型的な二世帯住宅の前には上品な老婦人が立っている。約束の時間を過ぎても現れない客に痺《しび》れを切らしたといった風情《ふぜい》だ。邦衛が口説いている老婦人を見た途端、手を振りながらやってきた。

「トキさん、遅いから心配したのよ」

「ごめんなさいね、迷ってしまったの。この優しいお兄ちゃんが連れてきてくれたのよ」

「まぁまぁまぁまぁ……ありがとう。今でもこんな優しいお兄ちゃんがいるのね」

「恐ろしい事件を起こすお兄ちゃんがいると思ったら、こんな優しいお兄ちゃんもいるのよ。日本もまだまだ捨てたもんじゃありませんね」

「そうね、この世知辛《せちがら》い世の中にこんな優しいお兄ちゃんがいるなんて嬉《うれ》しいわ。うちの孫もこんな優しいお兄ちゃんだったらいいのに」

別に邦衛は優しいお兄ちゃんではない。ただ、単に下心があっただけだ。でも、二人の老婦人は優しい青年に感心していた。

年老いた老人の感動を木っ端微塵《こっぱみじん》に打ち砕いてはいけない。明人はなおも口説こうとする邦衛を急《せ》かして、その場を離れた。

「フラれた」

邦衛はあのトキさんという七十八の老婦人に一瞬で恋したのだ。もちろん、トキさんの年金が目当てではない。

「フラれたっていうより相手にされなかったな」

「うん」

「歳《とし》を考えろ、お前とあの人じゃ、孫とお祖母《ばあ》ちゃんだ。弟と姉どころか息子と母親にもならない」

「僕、そんなこと気にしないのに」

「あの人じゃ、えっちは無理だと思う」

邦衛は恋をした相手とお茶を飲むだけで満足する男ではない。

「別にいい」

「できなくてもいいのか？」

「ヌいてくれるだけでいい」

うっ、と明人は唸《うな》るしかなかった。もっとほかの答えを予想していたのだから。

「ショックだ」

「そんなに好きだったのか」

「うん」

「美里ちゃんは？」

本日デートをする予定だった彼女の名前を明人は口にする。予想どおり、邦衛は美里など綺麗《きれい》に切り捨てていた。

「美里？　彼女はもういい」

「美里ちゃん、今頃泣いていると思う」

「そう？」

「とりあえず、あのトキお婆《ばあ》ちゃんは諦《あきら》めろ」

「出てくるのを待ってちゃ駄目か？」

「駄目だ、お婆ちゃんの感動を壊すんじゃない。ショックのあまり、心臓が止まっちまうかもしれないぞ。諦めろ」

「心臓マッサージってどうやるんだ？」

「あのトキ婆ちゃんは忘れろ」

五分ほどで二人が住んでいる家に着く。

駅前や騒然とした大学付近とは裏腹の閑静な住宅街で、デザイナーズ・マンションや一戸一億円以上の高級マンションが立ち並んでいる。大会社の社長宅や芸能人の大邸宅もある。歩道も広い。

住宅街といっても近所にはグルメマップでも紹介されているベーカリーやデリ、二十四時間営業のコンビニもある。不便さはまったく感じない。

緑豊かな公園の前に『室生』と表札がかかった一戸建てがある。明人が鍵《かぎ》を開けて、中に入った。迎えてくれる者はいない。

ちょっとした庭とガレージがついた二階建ての4LDK、二人で住むには贅沢《ぜいたく》な物件だ。一階にあるリビング・ダイニング・ルームは二十五畳、対面式キッチンは六畳、他の部屋はそれぞれ八畳以上あり、優雅なアーチを描いている天井も高い。ウオークイン・クローゼットなどの収納が充実しているので洋服ダンスは無用だ。冷暖房完備、セキュリティも設置されている。

邦衛が父親の清衛《きよえ》から与えられた家だ。

「ハーフ&ハーフを二枚でいくか」

アンティーク調の家具で揃《そろ》えられたリビング・ダイニング・ルームで、邦衛は宅配ピザのチラシを見ながら夕食を考えている。夕食もピザ二枚、それも三十六センチだ。

「せめてサラダも注文しろ」

「シーザーサラダかな。明人は？」

「俺は普通のサラダ、ドレッシングは和風」

明人は冷蔵庫の中からお茶のペットボトルを取りだすと、カウチに腰を下ろした。開けた窓から秋の風が入ってきて心地よい。庭の片隅に植えられている木蓮《もくれん》の枝が風で揺れていた。

「それから？」

「サラダだけでいい」

「ダイエット中の女の子じゃあるまいし、ちゃんと食えよ。ピザがいやなら、ラザニアはどうだ？　チキンやポテトもある」

　宅配ピザのサイドメニューも明人は食べ飽きていた。どこの宅配ピザ屋のサイドメニューも似たり寄ったり、目新しいものはない。

「そういうのも飽きた」

「じゃあ、お前は何を食べるんだ？」

「やきそば」

「やきそばか……」

　涼しかった去年の夏、邦衛はやきそばにハマっていた。朝はメーカーの異なるカップのソースやきそばを二つ、昼は学食でイカのソースやきそばとやきそばパン、夜はあんかけやきそばと塩カルビやきそば、そんな日がひと月も続いたものだ。屋台が並ぶ時、その場所にはやきそばを求めてでかけていった。また『あの店のやきそばが美味《うま》い』と知れば、どこであろうとも食べに行った。やきそばを食べるためだけに大阪《おおさか》まで行った邦衛には呆《あき》れるしかない。当然のように明人は大阪やきそば日帰り旅行につき合わされている。

　あの頃のやきそばへの情熱は今の邦衛にはない。それも、なんの前触れもなく、いきなりやきそばを卒業した。

　そうなると、邦衛が買い込んだカップのやきそばを食べるのは明人だ。生ものでなくて助かった、というところである。

「誰かさんが買い込んでいたやきそばが残っているんだよ」

「捨てろ」

「もったいないだろ」

明人はカップのイカやきそばをパントリーの中から取りだした。

「そんなことはない」

「俺のメシはいいから」

「一緒にピザを食べよう」

「俺のメシはいいんだ。俺はお前みたいにメシに命をかけていない」

「別に命をかけているわけじゃ」

「命をかけているだろう。台風の中、そばを食うために信州《しんしゅう》まで行ったのは誰だ。死ぬかと思ったぞ」

「台風が悪い」

「台風に罪はない。信州行きを決行したお前が悪い。もうメシの話は終わりっ」

明人は話を無理やり終わらせる。

邦衛から視線を逸《そ》らすと、アンティークの飾り棚が視界に入った。中には最高級の陶磁器が収められている。これらはコレクション癖のある邦衛が気に入って買い集めたものだ。例の如《ごと》くというのか、いきなり陶磁器にハマり、物凄《ものすご》い勢いで集めたのだが、今はもう興味を失っている。捨てないだけマシだ。

　今年の春など、何を思ったのか傘にハマり、ありとあらゆる傘が買い集められた。中には芸人が舞台で回す傘やミニチュアの傘まであった。もちろん、今、傘への情熱は失っている。それどころか、邪魔になると言って大方の傘を捨ててしまっていた。

　つい先日まではトランプにハマっていた。ゲームではなく、トランプそのものに凝っていたのだ。各国のトランプが買い集められ、トランプ・コレクションができた。しかし、今、トランプには見向きもしない。

　ものならばいい。

　突然、自分の母親とそう変わらない歳《とし》の女優にハマった時は凄かった。その女優が出るテレビ番組をチェックするのは当然のこと、舞台に出るとなれば毎日のように劇場に通い、ゴージャスな花束を贈る。地方公演にも講義をサボって観《み》に行った。ファンの域を出ない可愛《かわい》い行動だったが、人にハマると振り回される度合いが大きい。役者や歌手にハマるのだけはやめてほしい、と明人は切実に願っている。

　ちなみに、今ハマっているのはゾウであった。部屋の中はゾウのぬいぐるみを筆頭にゾウのカップやコースターなど、ゾウ・グッズで溢《あふ》れている。

　オーダーが決まったのか、邦衛が受話器を手にしたところでインターホンが鳴り響く。

邦衛は応対すると玄関口に向かった。

戻ってきた邦衛の手には宅配便がある。通販で注文していたのだろう、中からゾウの玩《おも》具《ちゃ》が出てきた。

そんなものをどうするんだ、というセリフはもはや出ない。

怜《れい》悧《り》な美《び》貌《ぼう》がゾウの玩具を無言でじっと見つめている。誰も何も入り込めない異様な雰囲気が漂っていた。邦衛の容姿にはしゃいでいる女子学生がこの様を見たら、卒倒するだろう。慣れたとはいえ、明人ですら引いてしまうのだから。

「ゾウを飼いたい」

邦衛は動物園に通うだけでは飽き足らず、本物のゾウを欲しがっていた。冗談ではなく、本気で欲しがっている。

ゾウを飼ってどうするのだ？

なんていう愚問はしない。

「無理を言うな」

「飼いたい」

「無理だ」

「欲しい」

「ふざけるな」

「金は出せる」

「金の問題じゃないだろっ」

「ゾウ用の家を建てればいいんだよな」

「それだけじゃない、ふざけるなっ」

「ゾウは鼻が長い」

鼻が短いゾウなど、明人は知らない。

「それがどうした？」

「ゾウは可愛《かわい》い」

「そうか」

「ゾウは友達」

「ゾウはお前を友達なんて思っていない」

「ゾウが欲しい」

ゾウって個人でも飼えるのか？

ああ、そんなのはもうどうでもいい。

とりあえず、邦衛がゾウを飼ったとして、世話をするのは俺だ。邦衛はゾウを眺めるだけで餌《えさ》をやることすらしないだろう。

それに、そのうち、邦衛はゾウに飽きる。

邦衛が飽きたゾウはどうすればいい？

役者にハマるよりタチが悪い。

何がなんでもこれだけは止める。

苦労するのは俺だ。

「諦《あきら》めろ」

明人が腹の底から絞りだしたような声で凄《すご》んだ時、携帯の呼び出し音が鳴り響いた。母親の沙智子《さちこ》からだった。

『明人、邦衛くんはどう？』

第一声が人の子供について、そんな母には苦笑を漏らしてしまう。しかし、ふてくされたりはしない。明人も邦衛が大切だし、母が邦衛を思う気持ちも痛いほどわかる。母にしてみれば邦衛も自分の子供のようなものだ。

「相変わらずだけど」

『相変わらず、浮き世離れしているの？』

「ああ、親父《おやじ》さんにそっくり……」

『親父さんにそっくりって、まさか、もうどこかの女の子を妊娠させたの？』

邦衛の女癖は父親から受け継いでいる。だが、邦衛は清衛のように二十歳《はたち》で父親になっていない。

明人が知っているだけで、清衛の愛人は十五人、子供は十三人いる。今はもっと増えているかもしれない。

しかし、世に憚《はばか》る女癖の悪い男とは違い、清衛は飽きた愛人であろうとも容色が衰えた愛人であろうとも、一度手を出した女性の面倒は永遠に見る。自分の血を受け継いだ子供の養育費と学費も充分すぎるほど出していた。子供に会えば父親として接している。ゆえに、非嫡出の子供にも恨まれてはいないようだ。

『室生清衛の愛人になれば一生生活には困らない』

そんなことまで密《ひそ》かに囁《ささや》かれていた。

良くも悪くもお殿様なのである。

邦衛も一言で表すならばお坊ちゃまだ。室生家・第十八代を継ぐ若様というべきか。

「いや、まだ、そういうことはないけど」

『そう……あ、それでね、祥子《しょうこ》のことなんだけど……』

祥子とは邦衛の母親で、清衛の正妻である。そして、沙智子とは遠い親戚《しんせき》でもあった。血は遠いが二人は昔から姉妹のように仲がよい。当然のように、邦衛と明人も子供の頃から兄弟のように親しくつき合っていた。

次から次へと女を囲い、子供まで産ませる清衛に、祥子はとうとう耐えられなくなって、跡取り息子である邦衛を置いて室生家を出た。邦衛が中学三年生の時だ。

夕食を食べていると、母親が神妙な顔つきで話しかけてきた。あの日のことは今でも覚えている。

『明人、祥子がね、とうとう室生家を出るんですって』

『え？　離婚するのか？』

予想していなかったので、明人は豆腐の味噌汁《みそしる》を噴きだしそうになってしまった。祥子は清衛の女道楽を病気だと笑っていたからだ。

『まだわからないけど』

『原因は？』

『今、清衛さんの愛人さんは十五人』

『あれ？　十六人じゃなかったっけ？』

『愛人さんの一人が若い男と結婚したんですって。清衛さんはいつもどおり、笑って許したそうよ。おまけに、持参金まで持たしてあげたんですって。信じられない』

『それで？　何が原因なんだ？』

明人にはあの二人の離婚の原因がわからない。愛人の十人や二十人ぐらいで祥子が離婚を切りだすとは思えなかった。どんなに愛人と子供ができても、祥子と邦衛の立場はまったく揺るがないからだ。

『本宅に愛人を置くようになったのよ』

『は……』

『今までどんな女でも本宅には入れなかったわ。さすがの祥子も我慢できなくなったみたいよ』

いくら広い大邸宅とはいえ、同じ屋根の下に正妻と愛人がともに暮らすなど、想像を絶する出来事だ。明人の母はタヌキそのものといった父がキャバクラで遊んだだけで鬼となっている。

『邦衛も祥子おばさんと一緒に室生家を出るのか？』

『それがね、邦衛くんはそのまま室生家にいるって』

『……え？』

『邦衛くんから何も聞いていないのね？』

邦衛も明人も桐蔭義塾の中等部に通い、毎日クラブで顔を合わせている。バスケ部にて、邦衛は点取り屋だ。

『ああ、何も聞いていない。別に変わった様子もなかったし』

『邦衛くんは母屋《おもや》から離れに移ったって』

『え……？』

『母屋には清衛さんと紀香《のりか》さんがいるもの』

政略結婚だったためか、離婚はしないという女の意地なのだろうか、邦衛のためなのだ

た。この気持ちは誰にも明かしていない。

「今週の土曜日でいいな？」

「ああ……」

「合コンに誘われても断れよ」

「わかった」

「どんなに可愛《かわい》い女の子からデートに誘われても断れ」

「わかってる」

「どんなに優しい女の子から誘われても断れ」

優しいならどんな容姿の女性でもＯＫ、綺麗《きれい》ならどんな性格の女性でもＯＫ、邦衛の女の趣味は本当にわからない。明人はしつこいほど釘《くぎ》を刺した。

「わかってる」

インターホンが鳴り響くと、邦衛がカラーテレビドアホンで応対する。それから、財布を持って玄関口に向かう。

「食事にしよう」

熱いピザを手に戻ってきた邦衛は幸せそうだった。

表情はまったく変わらないが、身に纏《まと》っている雰囲気が違う。この変化に気づく者は滅《めっ》多《た》にいない。

ピザもこんな笑顔で迎えられたらピザ冥利《みょうり》に尽きるだろう。

「本場のピザを食べに行きたい」

「………」

「イタリアに行かないか？」

いつか言う、と予想していたセリフが、マヨネーズソースのピザを手にしている邦衛から飛びだす。

答えは一週間前から用意していた。

「イタリアに行った途端、和食にハマったらどうする？　イタリアに和食の店なんてあるのか？　イタリアに行った途端、日本に帰るなんて冗談じゃないぞ」

「そんなことはない」

「お前のことだからわからない。ピザの前はそばだった。その前はやきとり、その前はラーメン、その前はおでん、その前は焼き肉、その前はブラジル料理、その前はやきそば、その前はハンバーガー、その前はシシカバブ、その前はちゃんこ鍋《なべ》、いつも突然ハマりやがる」

日本歴代の首相は並べられないが、邦衛の偏食の歴史ならば簡単に並べられる。

ちなみに、一番長かったのが大学一年生の夏にハマったキムチ豚で二か月、強烈すぎて見ているほうが参ってしまった。一番短かったのが二週間の焼き肉づくしである。国籍は滅茶苦茶《めちゃくちゃ》、ハマる料理に統一性はない。

「そうだったっけ？」

「そうだよ。焼き肉を食うためだけに韓国《かんこく》に行って、そこでいきなり『おでんが食いたい』とか言いだしたのは誰だ？　なんのために韓国に行ったんだ？　イタリアは諦《あきら》めろ」

試験明け、くたくたに疲れていたのに、邦衛につき合って韓国に向かった。あの時も悲惨の一言に尽きた。

「本場のピザを食べてみたいんだ」

「日本にも本場のピザはある」

「本場はイタリアだろう」

「ピザなんてどこでもあるんだから、わざわざイタリアまで行く必要はない。イタリアの話は終わりだ。どうせ飽きるんだから」

「僕が最初にハマったのはカップラーメンだったよな。あの時の感動は今でも覚えている」

邦衛の表情と口調はとても熱かった。

思わず、明人はむせてしまった。

「か、感動か？」

「衝撃だった」

「衝撃か……」

衝撃のカップラーメン、あれは今日《こんにち》の邦衛の偏食の第一歩だった。

明人にしても忘れられない、二人でこの家に引っ越してきた当日の夜のことである。

深夜になっても段ボールの山は片づかなかった。そのままにして寝てしまおうという気もあったのだが、邦衛が空腹を訴える。この時間、出前はない。

明人は自宅から持ってきたシンプルな醬油《しょうゆ》カップラーメンに、熱湯を注いで邦衛の前に置いた。

『これは？　カップラーメン？』

『三分待て』

『三分？』

『お前、カップラーメン、食ったことないのか？』

『ない』

『ここには室生家みたいにお抱えのシェフはいない。俺は料理なんかできない。よく、覚えておけ』

グルメの清衛お気に入りの料理人が作る絶品の料理で育った邦衛は、カップラーメンに衝撃を受けたらしい。

その日から、邦衛は毎日毎食カップラーメンを食べ続けた。どう考えても身体《からだ》には悪い。やめさせようとしたが無駄だった。

邦衛にカップラーメンの味を教えてしまった己を後悔したものだ。母親からもさんざん詰《なじ》られてしまった。

「僕たちはカップラーメンから始まっているんだな」

「…………」

「明人が作ってくれたあの時のカップラーメン、これから先、どんな美味《おい》しいものを食べても忘れない」

「は……」

「最高だった」

消費税込み百円のカップラーメンを最高だと宣言する邦衛に、明人は何も言えなかった。

とりあえず、ピザづくしの日々の終わりを待つだけだ。次はもう少しおとなしいものにハマってほしい、と祈るばかりである。

名門大学生によるレイプサークルの事件が発覚し、メディアを騒がせていた。そのレイプ事件には桐蔭義塾《とういんぎじゅく》の学生も加わっていたので、構内ではちょっとした噂《うわさ》になっている。鬼畜そのものといった行動に眉《まゆ》を顰《ひそ》めたのは女子学生だけではなかった。真面目《まじめ》な立良《たつよし》は当然、軽そうに思える雅紀《まさき》でさえ、レイプコンテストなる外道《げどう》には怒りを隠さない。

いくらなんでもそんなことはしないだろうと思いつつも、倫理観も道徳観もない邦衛《くにえ》に釘《くぎ》を刺してしまう明人《あきと》がいた。

「邦衛、女性を暴力で自由にするのだけはやめろよ」

「明人、僕をなんだと思っているんだ」

ポーカーフェイスは崩れないが、邦衛は明らかに心外だというオーラを発している。

「やりそうだからさ」

「失敬な」

「だってさぁ」

「だってさぁ？」

「だってよぅ」

明人が言《い》い淀《よど》んでいると、雅紀が笑いながら助け舟を出してくれた。

「明人が心配してもしょうがねぇだろ。お前の女関係は無茶苦茶だ」

「雅紀、お前もそう思うだろ」

明人は邦衛の隣から、後ろを歩いていた雅紀の横へ移動した。

「ああ、次から次へと」

「いきなり何をやりだすかわからないしさ」

「ああ、ホント、邦衛は何をしでかすかわからねぇ」

「邦衛の頭の中を覗《のぞ》いてみたい」

「ハマリものしかなかったりして」

「邦衛ならありえる」

「明人、どうして僕がいるのに僕の隣にいないんだ」

邦衛は明人と雅紀のやりとりに文句を言うわけでもなく、雅紀の隣に仲良く並んだ明人に文句を言った。

四人でいる時も邦衛の独占欲はいかんなく発揮されている。

ぶっと噴きだした雅紀に背中を叩《たた》かれて、明人は溜《た》め息《いき》をつきながら邦衛の隣へ。

「邦衛、あのさ……」

文句の一つぐらい言わないと気がすまない、と明人は横目で邦衛を眺めた。

彫刻のような邦衛の横顔に感情は出ていない。しかし、その口から出た言葉はいつも以上に高飛車《たかびしゃ》なものだった。

「僕の隣にいろ」

「……………」

「明人は僕の隣にいればいいんだ」

「…………」

「返事は？」

あまりにあまりな邦衛の言い草に『ＹＥＳ』などあっさりと言いたくない。だが、口が裂けても『ＮＯ』とは言えない。明人自身、邦衛の隣というポジションを誰にも譲りたくないからだ。結果、仏頂面《ぶっちょうづら》の無言で返した。

「…………」

「明人、返事は？」

明人の根性もここまで、肩を竦《すく》めながら返事をした。

「はいはい」

「一度でいい」

「はい」

背後で雅紀と立良が笑っているのがわかった。

言語道断の事件で密《ひそ》かに騒いでいても大学自体は変わらない。本日も何事もなく一日の講義が終わった。

「五十パーセントの割引券とドリンクバーのタダ券をやるよ」

ファミリーレストランでバイトしている雅紀から、割引券とドリンク券が回ってきた。

雅紀はバイトとサークル活動に明け暮れる一般的な大学生だ。テニスとスキーのサークルに女の子目当てで入会していたが、つき合っている彼女はいない。中身はそうでもないのだが、ルックスや言動が軽いからだろう。長めの茶髪を掻《か》き上《あ》げる仕草はどこぞのホストだ。服はブランドとノーブランドを上手《うま》くコーディネイトして、首元と指のシルバーのアクセサリーをポイントとして使っていた。

「ありがとう」

「それ、今日までだから」

「おい……」

「俺も昨日店長から貰《もら》ったんだよ」

「まぁ、助かるよ」

邦衛のハマりメニューによるがほとんど外食、もしくは割引シールがついた惣菜《そうざい》である。大学付近には学生相手のリーズナブルな店が多いので助かっていた。

実家からの仕送りには限りがある。当初はバイトで生活費を稼ぐつもりだったのに、邦衛の凄《すさ》まじい独占欲でバイトを断念せざるをえなかった。結果、邦衛がいる部屋で内職なんぞに精を出している。

邦衛は内職を手伝ったりしない。ただ、無言で明人の作業を見つめている。

「邦衛、今はピザモードだよな」

雅紀は割引券を珍しそうに眺めている邦衛に視線を流した。

「そこにピザはあるのか？」

「シーフードとサラミのピザ、二種類ある。ただ、そんなに美味《うま》くない」

「美味くないのか？　それは不味《まず》いってことか？」

「イタリア料理店のピザとファミレスのピザを比べるな、ってところかな」

「どんな生地？　パン生地は嫌いだ」

「パン生地じゃない」

「クリスピーも好きじゃない」

「いや、クリスピーでもないぞ」

雅紀と邦衛の間で交わされているピザ話を明人は遮った。

「ピザの味なんてどうでもいい。今夜のメシはファミレスだ」

割引券の有無だけで、明人は今夜の夕食場所を決めた。

そして、邦衛とともに雅紀が働いているファミリーレストランに向かう。割引率に惹《ひ》かれたのか、立良もついてきた。

「いらっしゃいませ」

「似合わないな」

「お客様、煩《うるさ》いです」

雅紀の営業スマイルを揶揄《からか》った後、禁煙席に座る。

オーダーは雅紀が取った。料理を運んできたのはとても綺麗《きれい》な女の子だ。笑顔がとても清々《すがすが》しい。

「綺麗だね」

邦衛の言うとおり彼女は清楚《せいそ》な美人だ。

「いえ……」

「綺麗だ」

「いえ……」

『綺麗だね』と言われた女性の反応はだいたい決まっている。彼女も必死になって手を左右に振って否定していた。

「何時にバイト終わるの？」

「え……？」

「待ってるから」

「その……」

邦衛の中に昨日別れた美里《みさと》はいないし、トキお婆《ばあ》ちゃんもいない。凄《すさ》まじい独占欲で縛りつけている明人の存在もなかった。

「僕、いや？」

「そんなことは……」

綺麗《きれい》な彼女に一目惚《ひとめぼ》れ、その場で口説く。これがいつもの邦衛だ。明人だけでなく立良もよく知っているのでなんとも思わない。

明人はネギトロ定食を、立良はとんかつ定食を無言で食べ始めた。壁の花ならぬ置物に変身している。ヤボな真似《まね》はしない。

「で、何時にバイト終わるの？」

「今日は五時です」

綺麗な彼女も邦衛のルックスにあっさりと落ちたようだ。

「五時？　あと五分か。すぐ食べるから。えっと、そこの喫茶店の前で待ってる」

「はい」

彼女は一礼すると、スタッフ・ルームに入っていった。

二枚のピザを五分で食べ終えた邦衛は待ち合わせ場所に一直線。

残された明人と立良は顔を見合わせた途端、噴きだした。

「邦衛は相変わらずだな」

「ああ、相変わらずだ」

「今回はどれくらいもつかな？」

「さぁ……？」

雅紀が邦衛の食べ終えた皿を下げにきてポツリと呟《つぶや》いた。

「あの子、果歩《かほ》ちゃんていうんだけど、葛西《かさい》先輩が狙《ねら》っていたんだぞ」

「葛西先輩もここでバイトしてたのか」

「雅紀、お前が葛西先輩に恨まれるな」

葛西とはゼミの先輩で、邦衛の性格をよく知っている。だから、節操のない邦衛を意中の彼女の前に連れてきた雅紀が恨まれる。

どういうわけか、邦衛は何をしても恨まれたりしない。不思議な魅力を持っていた。あれはああいう男だと、諦《あきら》められているのかもしれない。

「ま……もって十日ってところか？　頑張ってくれよ、明人」

「は？」

「明人が邦衛の言うことを聞いてどこにでもつき合えば、すぐに女とは別れる」

「あのな……」

「毎回デートに男友達を連れていく彼氏なんておかしいもん」

「ま……」

「邦衛も何度同じことを繰り返せば気がすむんだろう」

雅紀は笑いながらテーブルから離れる。

すると、立良がキャベツの千切りをつつきながら、いつもより更にトーンを落とした声で尋ねてきた。

「明人、お前、いいのか？」

「何が？」

「いつまでもこのままで」

「このままって、どうするんだよ」

「お前、邦衛が好きなんだろう」

立良はどちらかといえば無口で、他人のことに干渉したりしない。そんな立良の口から出た言葉に明人は目を見開いた。

「さあね」

「お前も誰かとつき合って邦衛を慌てさせてやったらどうだ？」

そんな駆け引きじみたことを立良が考え、提案することに、明人は驚愕《きょうがく》する。立良は呆《あき》れるほどまっすぐな男だ。そして、そういったこと自体、苦手なはずだ。これだけは断言できる。

「好きな子ができたらつき合う。邦衛は関係ない」

明人はきっぱりと言いきった。

「もう、さっさと誰か見つけたほうがいいぞ」

「そうか？　いい子がいたら紹介してくれ」

「そういうのは雅紀に頼め」

「それもそうだな。で、そっちこそ、どうなんだ？」

「俺は何もない」

「お前、女の子には怖がられているもんな」

立良は迫力がありすぎて、異性からは怯《おび》えられる。

「らしいな」

ドリンクバーでコーヒーのお代わりをした後、二人は店を出た。

夕暮れ時、街が茜《あかね》色に染まっている。

大学進学で上京した立良は去年までは学生寮に入っていた。しかし、今は大学の近くにあるアパートで暮らしている。プライバシーがほとんどない寮生活が性《しょう》に合わなかったのだ。他人の詮索《せんさく》や干渉を嫌う立良の性格では無理もない。

「じゃあな」

「ああ、またな」

そのアパートから十分ほどで公園が見えてきた。家はその前である。一人で家の中に戻るのは邦衛が美里に一目惚《ひとめぼ》れした時以来だ。

二階にある自室に入り、ベッドの上に横たわった。

窓辺に机と本棚、CDデッキを置いているシンプルなチェスト、なんの変哲もない部屋だ。ただ、部屋の一角にはいくつものゴリラのぬいぐるみが置いてある。特注で作らせた三メートル大のゴリラまであった。いうなれば、ゴリラ・コーナーだ。あまりにもゴリラのインパクトが強いので『ゴリラの部屋』とも呼ばれた。そう名づけたのは邦衛の三十五番目の彼女だ。

ゴリラ、もちろん明人の趣味ではない。

何を思ったのか、邦衛がゴリラにハマり、ありとあらゆるゴリラ・グッズを買い集めた。果ては、毎日のように動物園に通った。バナナを食べるゴリラに会うために。

ゴリラと見つめ合う邦衛に引いたのは明人だけではない。子連れの母親はゴリラに熱い視線を投げ続ける邦衛に怯《おび》えていた。せめて他人のふりをさせてくれ、と明人はゴリラの前から立ち去ろうとしたが邦衛にがっちりと手を摑《つか》まれた。

『どうして逃げる？』

『そっちのベンチで座ってる』

『ここで一緒にゴリラを見よう』

『放せ』

『駄目、一緒にゴリラを見るんだ』

『うっ……』

『一緒に見ろ』

『このっ……』

邦衛と手を繋《つな》いだまま、明人はゴリラの母子《おやこ》を見つめた。母親のゴリラがじっと見つめかえしてくる。

ゴリラとのアイコンタクトは不可能、ゴリラが自分たちをどのように思っているのかはわからない。

だが、明人は自分が幻の珍獣になったような気がした。

何せ、ゴリラの前に佇《たたず》む邦衛と明人を見た人々は、みんな、一様にぎょっとしたのだ。無理もない、二人の手は仲良く繋がれていた。

『ゴリラは愛くるしい』

『どこが？』

『よく見ろ、愛くるしいだろう』

どこからどう見ても、ゴリラが愛くるしいとは思えない。邦衛の美的感覚を疑わずにはいられない。

『全然っ』

『よく見るんだ』

『あ〜はいはい、ゴリラは愛くるしい』

『そうだろう、ゴリラは愛くるしい』

しかし、例の如《ごと》く、邦衛はひと月ほどでゴリラに飽きて、買い集めたゴリラ・コレクションを捨てようとした。

ゴリラのマグカップや本は捨ててもなんとも思わない。だが、ぬいぐるみをゴミに出すのは抵抗があった。

結果、明人がゴリラのぬいぐるみを引き取ったのだ。

ゴリラのぬいぐるみに癒《いや》されることもムカつくこともない。しかし、ゴリラのぬいぐるみを見ていると、言葉では表しがたい感情が湧《わ》き上《あ》がってくる。おそらく、かつて、邦衛の愛が注がれていた対象だからだろう。

目を閉じるとあの二人の姿が浮かんでくる。

邦衛と果歩という名の綺麗《きれい》な彼女。

いつものことだ。

もって一週間、すぐに別れる。

どうせ、すぐ別れるんだ。

遊びじゃないけど続かない。

こんなことでぐらついていては、今更やっていられない。

そう思いつつも、今、あの二人がしていることを思うと胸が痛む。

いつからだろう、邦衛にこんな感情を抱くようになったのは。

きっかけなんてなかったような気がする。いつも、妬《や》いていたのは邦衛のほうだった。呆《あき》れるほど自分を束縛した。それを当然のこととして受け止めるようになった頃からだろうか。

邦衛の独占欲がどういう意味を持っているのかわからない。

でも、自分の気持ちははっきりとしている。

邦衛が好きだ。

それも普通の好きではない。

欲しいくせに言いだせない。

焦《じ》れているくせに踏みだせない。

「あ……自分で自分がいやになってきた……」

思わず、白い天井に向けて独り言を投げてしまった。

翌日、朝になっても邦衛《くにえ》は帰ってこなかった。トーストと牛乳だけの朝食を摂《と》った後、明人《あきと》は一人で大学に向かう。

階段教室の後ろのほうに雅紀《まさき》と立良《たつよし》を見つけた。邦衛ほどではないが、この二人にしても非常に目立つ。

「よう」

雅紀の隣に腰を下ろすと、邦衛の不在を尋ねられた。

「邦衛は？」

「帰ってこない」

「は〜っ、果歩《かほ》ちゃんとお泊まりか」

いつものことなのに驚いているのか、雅紀の目が大きく見開かれる。立良はポーカーフェイスで口を挟まない。

「たぶん」

「果歩ちゃんもそういう子だったんだな」

「どんな子だったんだ？」

「真面目《まじめ》な子っていうのかな、そんな軽い子とは思えなかった。だから、葛西《かさい》先輩も慎重にさりげなく押してた」

「今までの統計の結果、清純派のほうがあっちは激しい」

虫も殺さないような外見の女の子のほうが異性関係は派手だ、簡単にスカートも脱ぐ、と明人はつねづね思っていた。

どういうわけか知らないが、邦衛とラブホテルで連泊するのも一見おとなしそうなタイプに多い。邦衛に愛想《あいそ》をつかしてもすぐに違う男を見つける、それも邦衛の知人や友人に秋波《しゅうは》を送るのもこのタイプである。明人自身、困惑したことが何度もあった。昨日まで邦衛とつき合っていたくせに今日は俺か、と。

「そうなのか？」

「ああ、見た目おとなしそうっていう子かな、服装も化粧も地味な子のほうが凄《すご》い。俺がいる家で邦衛とヤってたのもそういう子だ。平気な顔で朝メシまで食っていったぞ。あ、朝メシを作ってくれたから助かったんだけどさ」

「へぇ……」

「意外と派手な女の子のほうが堅い。あの邦衛でもその日のうちにヤれなかった女がいるけど、決まってド派手な女だった」

「なるほど」

白髪頭《しらがあたま》の老教授が教室に入ってきたので会話を終える。将来役に立つとは思えない講義が始まった。

真面目《まじめ》にノートを取っているのは立良だけである。明人と雅紀は立良にノートを借りるつもりで最初から取らない。それに、この講義はテスト必勝法まで記されたノートが密《ひそ》かに学生間で売られている。たとえ、テストでヤマが外れたとしても、『我が家のカレーの作り方』さえ書かなければ単位は貰《もら》える。ゆえに、この朝一という時間的にきつい講義を取っている。

二限目はないので、講義が終わると食堂に向かった。学食なので安い上、量もたっぷりとある。メニューもいろいろとあった。

昼食時には学生でごったがえしている食堂もこの時間帯だと空《す》いている。心地よい秋の日差しが差し込む窓際《まどぎわ》のテーブルについた。

早めの昼食を食べていると、邦衛の元彼女の一人、ジーンズ姿の榎本真紀子《えのもとまきこ》が現れた。はっきりいって美人ではない。ぽっちゃり型が好きな明人は、どこもかしこもガリガリに細い彼女にはまったく魅力を感じない。しかし、本当に優しくて温かい女性だった。邦衛もその優しさに一瞬で恋に落ちたのだ。

「明人くん、お久しぶり」

「ああ、元気？」

「ええ……あれ？　邦衛くんは？」

明人の隣には邦衛がいるものだと思われている。いや、邦衛の隣には明人がいるものだと思われているのか。とりあえず、二人でセットだ。

「帰ってこない」

「帰ってこないって……まさか、事件にでも巻き込まれたとかじゃないでしょうね？　このところ、物騒よ」

「相変わらずというのかな」

「え……？」

「女の子と一緒」

元彼女だからといって嘘《うそ》をつく必要はない。榎本も邦衛の女癖の悪さはよく知っている。

ちなみに、今まで邦衛と一番長く続いた彼女が、このおおらかな榎本だ。明人も彼女のことは人間としてとても好きだった。彼女も人間として明人を気に入ってくれていたようだ。そういったことを話したことはなかったが、なんとなくわかる。

榎本とつき合っていた当時、邦衛は葡萄園《ぶどうえん》にハマっていて、明人を含めた三人でしょっちゅう葡萄園に通った。葡萄ではなく葡萄園という場所に熱中している邦衛に榎本は驚いていたが、笑いながらつき合っていた。三人で葡萄園を作ろうか、なんて話も持ち上がったものだ。

彼女とも長くは続かない。すぐに終わる。いつかは終わる。

そう思っていても焦燥感は拭《ぬぐ》えなかったものだ。

この優しくておおらかな彼女だったら許そう、そんな気もないではなかったが、やはり心の奥底では嫉妬《しっと》が燻《くすぶ》った。

明人は耐え続けた。

そうして、いつしか、榎本に飽きた邦衛はいきなり別れ話を切りだし、榎本はあっさりと了承した。耐え続けた自分が滑稽《こっけい》なほど、あっけない幕切れだった。

「ああ……」

「そんなわけだから」

「邦衛くんは相変わらずなのね」

「相変わらず」

「そう、じゃあね」

榎本は笑いながら友人と一緒に去っていく。その後ろ姿を横目で見ながら、雅紀がやけに甲高《かんだか》い声で感想を述べた。

「細いな〜っ」

「雅紀……」

「邦衛は太めが好きなんだと思ってたけど」

「そうでもない」

「美人でもなかったよな」

「面食いのように見えて面食いじゃないんだよ」

「女だったらなんでもいいのか？」

「そういうわけでもない」

「あいつの食生活と女の趣味だけはわからない」

「そうだな」

「あ、あいつは男もOKだったよな」

雅紀の視線が親子丼《おやこどん》を食べていた立良に流された。

「なんだよ」

立良が凄《すご》むと、あの日のことが鮮明に思い出される。

満開の桜が咲いていた入学式、仏頂面《ぶっちょうづら》の立良が邦衛の琴線に触れたらしい。邦衛はいきなり立良を口説いたのだ。もちろん、邦衛の隣には明人がいた。

『君、僕とつき合おう』

『……は？』

崩れた立良の顔を見たのはあれが最初で最後、今思えば見ものだった。

『僕、君なら男でもいい』

『………』

『名前は？』

『ふざけるな』

立良が凄むとヤクザより迫力があった。今にも上着の内ポケットから凶器が飛びだしてきそうな雰囲気が漂っていた。

『僕がいや？』

『当たり前だろう』

『そうか、残念だな』

ストーカーから最も遠いところで生きている邦衛はあっさりと引いた。

それでも、その様子をつぶさに見ていた雅紀を含め、気がつくと四人でつるむようになったのだから人間は不思議だ。

「入学式のことは今でも覚えている」

入学式の日のことを思い出しているのか、どこか遠い目をしている雅紀の言葉に明人も深く頷《うなず》いた。

「俺も覚えている」

「邦衛にも驚いたが立良にも驚いた」

「俺も……」

「明人も驚いたのか？　昔から邦衛はああなんだろう？」

「高校まではバスケにハマっていたから、あんなんじゃなかった。爽《さわ》やかなスポーツマンだったぞ」

エスカレーター式の桐蔭《とういん》義塾《ぎじゅく》は、中等部から高等部までは女子部と男子部に分かれている。ゆえに、男子校と変わらない。それでも、邦衛は女子部の生徒からプレゼント付きの告白をしょっちゅう受けていた。あの頃はすべて『忙しいから』で断っていたのだ。今からは想像できない。

「ああ、そういえば、葛西先輩もそんなことを言ってたな。中上《なかあ》がりの奴らからも聞いたことがある」

「男を口説いたのは立良が初めてだと思う」

「そうだったのか、本当にあいつはわからないな」

「いや、出会って、すぐに口説いたのは立良が初めてだ」

それまで邦衛は誰かを自分から口説いたことなどなかった。

あの時、俺は自分の邦衛に対する気持ちを自覚したんだ。

思い当たった明人は、丼鉢《どんぶりばち》に左手を添えている立良の顔をまじまじと見つめた。

雪国出身とは思えないほど肌が浅黒く、顔立ちもやたらと濃い。ルックスから甘さや優しさはまったく感じなかった。一言で表すならば野性的な男だ。

どこか寂しげなムードを漂わせている明人とはまったく違う。凍《い》てつく冬を連想させる邦衛ともまた違った。

「そうだったのか。立良が邦衛の荒れている女関係の第一歩って、立良は女じゃないな」

「立良を女と間違えることはないと思う」

「立良が女に見えるんなら、明人は絶世の美女だ」

「おい……」

「邦衛、本当にあいつはわからないな」

邦衛はわからない、そうとしか言いようがなかった。

三限目の講義が始まっても邦衛は現れない。四限目の必修の講義が終わっても邦衛は現れなかった。

講義が終了した途端、勢い込んでいる雅紀に肩を摑《つか》まれた。

「鬼のいぬ間にっていうか、せっかく邦衛がいないんだ。コンパに行くか？　コンパっていってもバイト先の先輩の家で鍋《なべ》をするだけなんだけどさ。一人ぐらい増えてもいいと思う」

「いや、いいよ」

「たまには遊んだら？」

立良とほぼ同じようなことを雅紀も言っている。

「鍋って気分じゃないんだ」

「お前のためだけになんか作ってもらうか？」

「いいよ」

「たまには息を抜け。少しぐらい遊べよ。お前、なんか見てられねぇんだよ」

雅紀の顔は赤いし、語気もやたらと荒い。

「何、興奮してるんだ」

「ごまかすな、お前が邦衛にベタ惚《ぼ》れっていうことはわかってんだよ。辛《つら》いくせに平気な顔してるお前が痛いんだよ。ああ、なんか、なんかなんだよっ」

俺、そんなに態度に出していたか。

思わず、明人は自分を振り返ってしまうが、肯定したりしない。

「とりあえず、落ち着け」

「じゃあ、映画のタダ券をやる。可愛《かわい》い女の子を誘って観《み》に行け」

雅紀のジャケットのポケットから取りだされた映画のチケットのタイトルを確認する。

明人が見たかった映画だ。

「あ、これ……」

「可愛い女の子、可愛い女の子って、お前はどういう子が好みなんだ？　綺麗《きれい》系か？　癒《いや》し系か？」

「これ、くれるのか？」

「やる」

明人はチケットを一枚だけ、雅紀の手から取った。

「ありがとう」

「ただし、誰かと一緒に観に行け。えっと、あ、月島《つきしま》さんを誘ってみろよ。彼女は脈がある」

講義が終わったのに教室で友達と喋《しゃべ》っている月島早苗《さなえ》がいた。ぽっちゃりめの癒《いや》し系フェイス、明人が好きなタイプとしてあげる容姿をしている。彼女も中等部から中上《なかあ》がり組で、その頃からお互いに顔だけは知っていた。好意を寄せられていることも知っていた。

「いいよ」

「たまには邦衛を慌てさせてやれっ」

「あのな……」

「俺はあいつの泣《な》き喚《わめ》くところが見てみたい。泣かせてやれっ」

「雅紀、何か違う」

「俺が月島さんに声をかけてやるから」

「いいよ」

「お前、男のほうがいいのか？」

「いや」

「よし、月島さんとデートだ、決定」

頰《ほお》を紅潮させている雅紀は月島に向かって走った。そして、その場で話をまとめてきた。なんと、月島と友達、明人と立良、計四人でのダブルデートだ。

意表をつかれたのか立良も固まっている。

「じゃあな〜っ」

俺はいい仕事をした、と雅紀は高らかに笑いながら去っていく。これから鍋《なべ》パーティに向かうのだろう。

笑顔を浮かべている彼女たちの手前、ここまできたら行くしかない。

「行こうか」

「はい」

話題になっている映画を観《み》に行った。

これが邦衛にバレたら煩《うるさ》い、と覚悟をしてから。


「面白かったわね」

「ああ、雅紀《まさき》に感謝しないとな」

映画館を出るまでは楽しかった。だが、それからが大変だった。映画の後の食事も本日のデートコースに含まれていたからだ。

「明人《あきと》くん、立良《たつよし》くん、どこに入る？」

「俺、ピザとやきそばとそば以外」

「嫌いなの？」

「嫌いじゃない。でも、今はそういう気分じゃない」

「立良くんは？」

「なんでもいい」

立良は人見知りの上、照れ屋だ。いつも以上に無口で、返事を求めない限り喋《しゃべ》らない。結果、明人が女性二人相手に喋り続けることになる。月島《つきしま》がイニシチアブをとってくれたので助かったが。

帰宅は夜の十一時、邦衛《くにえ》が帰ってきているのかリビングルームの明かりがついていた。しかし、インターホンは鳴らさない。明人は自分で玄関の鍵《かぎ》を開けた。

ドアを開けると、仁王立《におうだ》ちの邦衛が真正面にいた。三日連続午前様をした父を迎える母のようだ。

「明人、どこに行っていたんだ？」

「映画」

「一人で？」

嘘《うそ》をついてもいつかはバレる。第一、こんなことで嘘をついても仕方がない。

「いや」

「誰と？」

「立良と大学の子」

「僕以外の奴と映画なんてどうして行くんだ？」

案《あん》の定《じょう》、いつもの自分勝手な邦衛がいた。邦衛は明人が自分以外の者と行動することをとてもいやがる。道理も何もない子供じみた独占欲を素直に嬉《うれ》しいと思えない。

いや、独占欲を嬉しいと思っていた時期もあった。

邦衛の気持ちを確かめるように、ほかの友人とキャンプに出かけたこともある。邦衛が女性とラブホテルに連泊していた時などは、雅紀のサークルが計画したスキー旅行に潜り込んだこともあった。

その度に激しく詰《なじ》る邦衛に安心している自分に嫌気がさして以来、そういったことは一度もしていなかった。今日までは。

「雅紀からタダ券を貰《もら》ったんだ」

「タダ券を貰ったぐらいで、どうして僕以外の奴と行くんだ？　それに酒臭い」

明人の飲酒に気づいた邦衛の怒りのボルテージは一段と上がった。身に纏《まと》っているオーラがますます冷たくなる。

酒風呂《さけぶろ》に入っていたわけではない。

ただ、単に飲んだから酒臭いのだ。

尋ねなくてもわかるだろうに、邦衛は高飛車に尋ねてくる。いつもの邦衛と言ってしまえばそれまでだ。

「飲んだんだよ」

「どうして僕以外の奴と飲むんだ？」

自分は誰と何をしていたんだ？

果歩《かほ》とラブホテルに連泊していたんだろう？

明人は身勝手な邦衛に凄《すご》み返《かえ》した。

「お前は誰とどこにいたんだ？」

「それはそれ、これはこれ」

「ふざけるな」

「ふざけてなんかいない。僕はいいんだ。でも、君は駄目だ」

不条理、その表現が一番しっくりする。

惚《ほ》れてる男を殴り飛ばしたくなる一瞬だ。

それでも、お殿様が納得するような文句を返した。

「お前がいたらお前と一緒に映画に行った。でも、お前はいなかった。それだけだ」

「どうして断らない？　明日、僕と行けばいいだろう」

「あのな」

もできない。

「金輪際《こんりんざい》、僕以外の奴と喋《しゃべ》るな」

邦衛は子供と一緒だ。わかってはいるが、納得できないし、その要望を聞き入れること
「ふざけるな」

「ふざけてなんかいない」

「とりあえず、どけ。水が飲みたいんだよ」

鬼のような形相を浮かべている邦衛を押しのけてキッチンに向かおうとしたが、腕を凄《すさ》
まじい力で摑《つか》まれる。

「待て」

「痛……」

邦衛の力があまりにも強くて、明人は身体《からだ》のバランスを崩してしまった。玄関口の廊下
でもつれるように転倒する。

邦衛の冷たく整った顔が目前に迫っていた。見た目よりずっと逞《たくま》しい身体が覆いかぶさ
るように重なっている。

「明人……」

「ん……？」

「僕は君が好きだ」

その言葉は今までに何度も聞いた。

重みのない言葉だということは、いやというほど知っている。

明人は邦衛のただ一人ではない。

「今は果歩ちゃんも好きなんだよな」

「果歩とは好きの次元が違う」

「はっ……」

「果歩の代わりはいくらでもいる。でも、明人の代わりはいない」

どんな不条理にも耐える自分の代わりなど、そうそうおるまい。

明人は冷めた目で邦衛を見てしまった。

無愛想《ぶあいそ》な立良の分まで女性たちに笑顔を振りまいていた疲れも、ここにきて一気に押し寄せている。雅紀の本日の行動は、無用のおせっかい以外の何物でもなかった。彼女たちも要領を得ない二人組の男に呆《あき》れていたに違いない。

「そうか」

「君とは一生つき合っていきたい。一生離れたくないんだ。そのためにはどうすればいい？　僕は考えた。このままでいるのが一番いいって」

「このままか」

「僕は君を抱きたい」

この言葉を聞いたのは初めてだ。

邦衛が自分にそんな欲望を持っていたなど知らなかった。

明人の身体《からだ》が衝撃で固まる。

「……………」

「でも、きっと、そうなったら、君は僕に飽きる」

邦衛はとても苦しそうで、見ているほうが戸惑ってしまった。しかし、その口から出たセリフは相変わらずだ。

一線を越えたら飽きる。

それは邦衛の専売特許だ。

「自分が飽きっぽいからって人まで一緒にするな」

「僕が君に飽きることはない。でも、君は僕に飽きる。そんなの冗談じゃない」

「俺は飽き性じゃない」

「いや、君は僕に飽きて離れていってしまう。だからこのままがいい」

どこまで本気で、どこまで嘘《うそ》か。いや、邦衛のことなのですべて本気なのに違いない。

本当に明人が飽きて離れてしまうと思っているのだ。

自分勝手な邦衛独特の言い草を、明人は笑い飛ばすしかなかった。

「はっ……」

「僕は誰よりも君が好きだ」

「今は果歩ちゃんも好きなんだよな」

「だから、果歩とは次元が違うんだ」

「果歩ちゃん、俺の代わりってわけじゃないだろう。それぐらいわかるんだよ。俺だってお前しか見ていないんだから」

果歩だけでなく、歴代の彼女たちは明人の代わりで愛されたのではない。邦衛はどの彼女にも確かに恋をしていた。ただ、続かなかっただけだ。

明人は自分の想《おも》いを邦衛にひた隠しているわけではない。ウザイといやがられないように感情を抑えているだけだ。

邦衛も明人の気持ちは知っているだろう。

お互い、性格は知り尽くしている。明人は好きでもない相手と同居したり、束縛されたりしない。

「僕だけ見てて」

明人の気持ちを知っているからこその言葉が、邦衛の口から出た。拒否されるとは思ってもいない口調だ。

「お前はほかの奴と遊ぶのに？　俺は一人で耐えろって？」

つまるところ、これである。

明人にだけ、忍耐を強《し》いるのだ。

「僕はいいんだ」

「話にならない」

「次、こういうことがあったら許さない」

明人の身体《からだ》を押さえつけていた邦衛の腕の力も一段と強くなる。真上から見下ろす邦衛の双眸《そうぼう》は恐ろしいほど冷たい。

一瞬、有無を言わさぬ凄《すさ》まじい迫力に明人は身体を竦《すく》ませる。しかし、明人はここであっさりと頷《うなず》くほどおとなしい男ではない。また、邦衛の横暴ぶりも目に余った。

「お前にそれを言う権利はない」

「僕は誰よりも君を大事にしている」

「俺を大事にしているのなら、俺以外の奴とつき合うな」

どこか麻痺《まひ》していたのだろうか、今まで喉《のど》まで出かかっていながら一度も言えなかった想《おも》いが口から自然と漏れる。

しかし、胸が張り裂けそうな明人の苦しい想いはあっさりと流された。

「僕はいいんだ。誰とつき合っても君が一番好きなんだから」

「頭が痛くなってきた」

明人は邦衛と真面目《まじめ》に話し合っているのが馬鹿馬鹿《ばかばか》しくなってきた。頭痛を理由に話を終わらせようとしたが、邦衛は上手を言っていた。

「僕のいないところで酒なんか飲むからだ」

「それで頭が痛くなったわけじゃねぇよ」

「いや、勝手に酒を飲むからだ」

「違うよ」

「酒だ」

「お前の不条理ぶりに頭が痛くなったんだ」

「どこが不条理なんだ？」

「不条理だ」

「不条理は君だ」

「俺のどこが不条理だ？」

「勝手に映画なんて観《み》に行って酒まで飲む。不条理は君だ」

「あ……真面目《まじめ》に喋《しゃべ》るだけ無駄だ。とりあえず、どいてくれ」

明人は邦衛の身体《からだ》をどけると立ち上がった。そのままキッチンに向かう。後から邦衛もついてきた。

「立良と大学の子って言ったね。大学の子って誰？」

「月島さんと河野《かわの》さん」

明人は冷蔵庫の中から冷たいお茶を取りだしながら、淡々と答えた。

背後にいる邦衛がどんな表情を浮かべているのかわからない。だが、声のトーンは確実に下がった。

「月島さん？　あの月島早苗《さなえ》さん？」

「そうだ」

明人は冷たいお茶で一息ついた。

お茶を沸かして冷蔵庫で冷やすのは、もっぱら明人の仕事である。邦衛は本当に何もしない。そのくせ、真冬でも冷たいお茶を欲しがる。氷を作るのも明人の役目だ。

「どうして月島さんと映画に行ったんだ？」

「あ……？」

「どうして？」

「眠いから明日にしてくれ」

酒豪の立良に釣られるように、ビールとちゅうハイと熱燗《あつかん》をチャンポンしたせいか、やたらと眠い。フローリングの床がベッドに見えてくる。もう、限界だ。

「正直に答えろ。どうして月島さんと映画に行って、酒まで飲んできたんだ？」

「明日、祥子《しょうこ》おばさんの見舞いに行く。今夜はもう寝る」

「ごまかすな」

「ごまかしてなんかいない。本当に眠いんだ」

「月島さん、明人のことが好きみたいだ。まさか、明人、彼女と何かあった？」

他人のことには無関心な邦衛も明人のことになると話は別だ。明人に好意を寄せている女性はきっちりと覚えているらしい。

「何もないよ」

「じゃあ、どうして月島さんなんだ？　逃げるな」

この分だと最初から最後まですべて正直に話さないと今夜は眠らせてもらえない。明人は大きな溜《た》め息《いき》をついた後、ポツリポツリと語り始めた。

「雅紀がまとめたんだよ」

「雅紀が？　どうして？」

「雅紀に訊《き》けよ」

「明日、問い詰める」

「明日は祥子おばさんのお見舞いだ」

「あ、そうか……で、どうして、雅紀はそんな話をまとめたんだ」

「だから、雅紀に聞け」

「それじゃ、どうして、明人は雅紀のそんな話にのったんだ？」

「煩《うるさ》い」

『どうして』を子供のように連発する邦衛には、ほとほと疲れ果ててしまった。

二階にあるプライベートルームに向かっても、邦衛はぴったりと背後に張りついている。パジャマに着替えるのも億劫《おっくう》でそのままベッドの上に横たわったが、邦衛の詰問《きつもん》が真上から降ってきた。

「煩《うるさ》いじゃない。どうして、明人は雅紀の話にのった？」

「どうして、お前はそんなに無茶苦茶なんだ？」

無茶苦茶な男だとわかっていても、言わずにはいられない。

「僕は無茶苦茶じゃない。ひどいのは明人のほうだ。どうして僕がいるのにほかの子と遊びに行くんだ」

「だから、その時、お前はいなかった」

「僕がいなかったら断れ」

「断りたくても断れない時があるんだよ」

「どうして？　どうして断らない？」

「眠いんだ。おやすみ」

明人は掛《か》け布団《ぶとん》の中に潜った。しかし、邦衛まで布団の中に潜りこんでくる。邦衛のぬくもりが伝わってきた。

「話は終わっていない。こっちを向け」

「眠いんだよっ」

　明人は邦衛に背を向けて掛《か》け布団《ぶとん》を頭まで被《かぶ》った。だが、掛け布団は邦衛の手によって取られてしまう。フローリングの床の上に掛け布団が投げられた。

「僕を見ろ」

「眠いっ」

　布団なんかなくても夢の国に旅立てるほど明人は眠い。それなのに邦衛の声と手が明人の眠りを阻止する。

「勝手に酒なんか飲むからだ」

「もう寝る時間だ」

「寝るな、起きろ」

　邦衛が明人の身体《からだ》の上に覆い被さった。

　睡魔に襲われている明人に、逞《たくま》しい邦衛の身体を押しのける力と気力はない。掠《かす》れた声を出すだけだ。

「眠い」

「勝手に酒を飲んだ明人が悪い」

　二人の会話はループする。

　不毛な会話は朝の七時まで続いた。

七時で終わったのは『もう二度と誰とも遊びに行かない』と明人が誓ったからだ。そうでなければ、朝になっても終わらなかっただろう。

土曜日の講義は取っていないので本来ならば休日だ。しかし、今日は邦衛の母親の見舞いに行かなければならない。明人の母親も今日は見舞いに行っている。現地で落ち合う約束だ。

起床は十時、いい小春日和《こはるびより》だ。

明人は眠くて仕方がなかったが、同じ睡眠時間の邦衛はいつもどおり飄々《ひょうひょう》としている。さっそく宅配ピザを注文し、トマトソースとサルサソースのピザを二枚も食べた。その残骸《ざんがい》を捨てるのは明人の役目である。ゴミ捨ても明人がしなければこの家はゴミ屋敷となるだろう。同居を決めた時から家政婦になる覚悟はある程度していたが、ここまでひどくなるとは思わなかった。今更文句を言うつもりはないけれども。

明人は父方の祖母から送られてきたりんごをもそもそ食べた。食欲はまったく湧《わ》かないし、身体《からだ》もとても怠《だる》い。

「明人、目が腫《は》れてる」

寝不足と疲労が明人の顔にはっきりと出ていた。

「誰のせいだ」

「僕に隠れて酒なんか飲みに行くからだ」

「またか……」

「自業自得《じごうじとく》だ」

「はぁ……」

「今日は車で行こう」

「お前の運転は危ない」

運転技術に問題があるわけではない。邦衛の性格に問題があるのだ。信号は邦衛の指示に従ってはくれない。

「明人よりも僕のほうが上手《うま》い」

「俺が運転する」

「飲酒運転で捕まる」

「大丈夫、俺が運転する」

これだけは何があっても譲れない、明人はフェラーリのキーを固く握った。そして、運転席を死守する。

寝不足もなんのその、明人はハンドルを器用に操った。

邦衛は助手席でゾウのぬいぐるみを抱いている。クールな二枚目がゾウのぬいぐるみを抱いているのは不気味としか言いようがない。でも、ゾウでおとなしくしてくれたなら安いものだ。と、思っていたのに、邦衛は本物のゾウを求めた。

「明人、ゾウを見よう」

「ゾウは見舞いが終わってから」

「ゾウに会いたい」

「祥子おばさんがお前に会いたがっている。ゾウは後で」

邦衛がゾウの前に立ったら雷が頭上で鳴っていても動かない。目的がある今、邦衛にゾウを見せることはできなかった。

「ゾウも僕に会いたがっている」

「そんなことは絶対にない」

「どうしてそう言いきれる？」

「そっちこそ、どうしてゾウがお前に会いたがっているなんて思うんだ？」

「僕が行くとゾウはとても嬉《うれ》しそうだ」

「気のせいだ」

「気のせいじゃない。僕が行くと鼻が伸びる」

邦衛は本気でそのように思い込んでいる。胡散臭《うさんくさ》い新興宗教に勧誘する知人よりもその思い込みは激しい。ゾウの話題は終わらせたほうが賢明だ。いや、もう黙らせたい。

「お前、眠いだろ。寝てろ。子守唄《こもりうた》でも歌ってやろうか？」

「音痴だからいい」

音感がない男として明人は有名だ。母親から譲り受けた『ポンポンタヌキのタヌキ音《おん》頭《ど》』を聞いた者は頭痛を起こすとまで囁《ささや》かれている。

「ポンポンポンの～ポンポンポン～っ、ポンポンタヌキのタヌキ音頭を俺に歌われたくなかったら黙ってろ」

「僕が好きって言い続けてくれたら黙る」

突拍子もない邦衛の要望を聞いた明人は、間違ってアクセルを思いきり踏んでしまうすんでのところで、目の前の車に追突するところだった。

「やばっ」

「明人？　早く僕が好きって言って」

「お、お前……」

ハンドルに添えていた明人の手がぶるぶると震えてくる。

「早く」

「邦衛が好き、邦衛が好き、邦衛が好き」

明人は呪文《じゅもん》のように望まれたセリフを唱え続けた。明人の顔は派手に歪《ゆが》んでいるし、肩も小刻みに震えていた。

「全然心がこもっていない」

「邦衛がとっても好きっ」

今の明人の『好き』はやけっぱち以外の何物でもない。当然ながら、そんな明人に邦衛は気づいている。

「ちゃんと僕を見て言え」

「事故るだろ、無理を言うな」

「運転、替わる」

邦衛がハンドルを握ったら動物園に直行どころか、天国行きだ。ここで死んだら地縛霊となって永遠に彷徨《さまよ》い続ける。

「ここで死んだら成仏《じょうぶつ》する自信がない。絶対に駄目っ」

「明人、ウインカー出すの忘れてる」

「頼む、黙ってろ。お互いのために」

「僕が好きって言え」

「邦衛が好き、邦衛が好き、邦衛が好き、邦衛が好き」

「もうちょっと可愛《かわい》く」

邦衛の更なる注文を聞いた明人は、ハンドルを握《にぎ》り潰《つぶ》しそうになるのをぐっと堪《こら》える。

己の性別を空の彼方《かなた》に押しやった。

「邦衛くん、とっても好きーっ。好き、好き、好き、好き、愛してるーっ」

「オカマみたいだ」

「可愛《かわい》いだろ」

「いや」

注文の多い邦衛に明人はほとほと疲れ果てた。

「これ以上は無理だ」

「じゃ、普通でいいから言って」

「邦衛が好き、邦衛が好き……っと、道を間違えた。あっちだ」

祥子は都心から遠く離れたところにあるサナトリウムに入院していた。高速に乗る前、フラワーショップに立ち寄って祥子の好きな花を買う。

祥子が好きな花はどこかしんみりとした趣のある桔梗《ききょう》だ。とても感じのいい中年の店主にアレンジメントを任せると、紫色の桔梗を主体にした淡い感じの花束ができあがった。

「これでいいかしら？」

「僕、いやですか？」

ふくよかな中年の女主人をやけにじっと見つめていると思ったらこれだ。惚《ほ》れっぽいのもいいかげんにしろ、と怒鳴りたいが理性で押《お》し留《とど》める。

「え？」

明人は邦衛の口説き文句を遮った。

「僕と」

「邦衛、見舞いに行くぞっ」

「その前に」

「行くぞっ」

明人は邦衛の腕を摑《つか》んで、フラワーショップから出た。なおも女店主を振り返っている邦衛を車の中に押し込める。

「邦衛、いいかげんにしろ」

「素敵な人だった」

笑顔を絶やさない感じのいい女性だったが、とどのつまりは中年のおばちゃんである。恋をする邦衛の感覚がわからないが、守備範囲が途方もなく広い邦衛ならありえる。先日のトキお婆《ばあ》ちゃんに比べればまだ若い。ピザの説明も無用だ。

「忘れろ。どうせ忘れるんだから。っていうより、果歩ちゃんはどうしたんだ？」

「果歩？」

「ファミレスでバイトしてた女の子だよ」

明人の説明でやっと現在の彼女の名前を思いだしたらしい。

「ああ、果歩か」

「そう、果歩ちゃんがいるのにほかの女を口説くのはどうかと思うぞ」

「果歩のことはもういい」

「は……？」

「果歩とは別れる」

「はぁ？」

「明人が勝手に映画なんか行くからだ。果歩がいやになった」

「おい……」

「明人が悪い」

「………」

もう明人は何も言えない。ただ、じっと耐えるだけ。少し遠くを見つめた。

高速に乗って約二時間、目的地に辿《たど》りつく。熟睡していた邦衛を叩《たた》き起《お》こしてから、車を降りた。

雄大な自然の中にあるのでとても環境がよい。ここは祥子の母親の実家の力が及ぶ場所だ。とりあえず、この場所で祥子がぞんざいな扱いを受けることはない。

花束を持った邦衛はあらぬところへ行こうとしている。

「邦衛、どこに行く？」

「え……?」

「こっちだ」

「ああ……」

「逃げるなよ」

「逃げたわけじゃない」

白い建物の中に入ると、広々としたロビーで看護師と話し込んでいる沙智子《さちこ》がいた。

沙智子はもともとぽっちゃり型だったが、以前会った時よりも少しだけ太っていて、三年前にバーゲンで買った定価より七割引きの薄いベージュのニットスーツがきつそうだ。しかし、ふくよかなせいか大学生の息子がいるような中年には見えず、やたらと若々しい。

「明人、邦衛くん」

沙智子の声もやたらと張りがあった。おまけに、デカイので周囲の視線が集中する。

「オフクロ、そんな大声出さなくってもわかるよ」

「は? 何?」

「もうちょっと小さな声で喋《しゃべ》れよ」

「明人、ちょっと黙ってて。邦衛くん、よく来てくれたわね。祥子、首を長くして待っているのよ」

「首が長い？　そんな首の長い妖怪《ようかい》には会いたくない」

怜悧《れいり》な美貌《びぼう》で淡々と寒いジョークを飛ばした邦衛の背中を、沙智子はバンバンバンっと勢いよく叩《たた》いた。

けほっ、と邦衛はむせている。

おばちゃんパワーに勝るものはない。

「楽しい小咄《こばなし》をありがとう。さ、三日がかりで邦衛くんを産んだお母さんに会ってあげてちょうだい。もう、邦衛くんを産んだ時、本当に大変だったのよ〜っ」

「何度もお聞きしました」

「祥子のお産のことは何度言っても気がすまないわ。何せ、祥子は命がけで邦衛くんを産んだんだもの。本当に危なかったのよっ」

「わかりましたから」

「本当にわかってるの？」

「わかっています」

「おまけに、邦衛くんは赤ちゃんの頃、病気ばかりしていたのよ。祥子、必死だったわ。もう、いくらお腹《なか》を痛めた子供でも私だったらあそこまでできない」

今からは想像できないが、乳幼児の頃の邦衛は病弱で育たないとも言われていた。必死になって邦衛を健康にしたのは祥子だ。

ちなみに、明人は野放し状態で育った。沙智子曰《いわ》く『野放し健康法』だ。

「もちろん、祥子はそんなこと、当然だと思っているけどね。命より可愛《かわい》い一人息子だもの」

「わかっています」

「はい」

「じゃ、行くわよ」

「はい」

三階の端にある特別室へ向かって歩きだした。

「ま〜っ、でも、邦衛くん、惚《ほ》れ惚《ぼ》れするほど男前ね」

「どうも」

「女の子をあまり泣かすんじゃないわよ」

「僕はフられるほうが多い」

「邦衛くんのことだから、どうせフられるようなことをしたんでしょう」

「そんなことは……」

どこか虚《うつ》ろな目をした中年の患者が若い看護師に支えられて、紅葉の見事な庭に出ようとしている。かと思えば、ガリガリに痩《や》せ細《ほそ》った摂食障害と思われる女の子が、母親らしき女性と大喧嘩《おおげんか》していた。騒ぎを聞きつけた看護師が仲裁《ちゅうさい》に入る。

「あなた、お隣の人が亡《な》くなったの。お葬式に出るから帰らないと」

「お隣さんは元気だ。しっかりしろ」

パジャマに薄手のカーディガンを羽織《はお》った中年女性と、その夫と思われる中年男性が、廊下の真ん中で言い合っている。

「お隣さんにはね、息子が産まれた時は並々ならぬお世話になったの。あなたはロンドンにいたから知らなかったでしょう。さ、お葬式に出ます」

「お隣さんは元気だ。ピンピンしてる」

「お隣さん、まだ若いのにね。お気の毒に」

「おい、ボケるのはいくらなんでも早いぞ」

「私、ボケてなんかいません」

「じゃ、しっかりしてくれ」

この場所には普段の日常とは違う世界とドラマがあった。初めて訪れた時は独特の雰囲気に圧倒されてしまったものだ。

ノックは二回、沙智子の弾んだ声とともに日当たりのよい特別室に入った。

見舞いの品だろうか、白い病室には生花の籠《かご》がいくつも飾られている。ただ、どれにも祥子の好きな桔梗《ききょう》はない。贈り主は祥子の嗜好《しこう》を知らないようだ。

「祥子、邦衛くんが来たわよ」

「邦衛……」

ベッドに横たわっていた祥子は、息子の顔を確認すると起き上がろうとした。しかし、その力がないのか起き上がることができない。

「祥子、そのままで」

「沙智子、手を貸して」

祥子は沙智子の手を借りて上体を起こした。

蟬《せみ》が儚《はかな》い命を燃やし続けていた夏に見た時も、祥子の顔色の悪さと身体《からだ》の細さに驚いたが、今はそれ以上だ。

以前は華やかな美人で、邦衛の母だと思っても胸がときめいた。豪華な宝石に相応《ふさわ》しいかつての姿を知っているだけに、明人はいたたまれない。

邦衛を見つめる目も無性に痛々しかった。

「邦衛……」

「はい」

祥子の白い手が邦衛の頰《ほお》に触れた。

邦衛の表情はまったく変わらず、いつもと同じように淡々としている。

「ごめんなさいね」

邦衛に会えば、祥子の口から出る言葉は決まっている。

同じように、邦衛の返事も決まっていた。

「はい」

「ごめんなさい」

「はい」

「でも、私はあなたの母親をやめたつもりはないわ」

「はい」

沙智子に腕を引かれて、母と子が向き合っている病室を出た。そして、テーブルとソファがあるスペースへ向かう。三階のナース・ステーションの前にちょっとしたコーナーがあるのだ。そこには何種類もの新聞や雑誌が用意されていた。運良く、人はいない。

「オフクロ、祥子おばさん、また痩《や》せたな」

「ええ」

明人は生命力に満《み》ち溢《あふ》れた沙智子とソファに並んで腰をかける。段ができた腹部に視線が止まった。

「オフクロ、ちょっと肉をやったらどうだ」

「私だってあげられるものならあげたいわよっ。ストレスが溜《た》まると太るのよね」

パート先でもいろいろとあるらしく、沙智子のストレスは溜まっている。ただ、ストレスを溜め込むような性格はしていない。中年太り、それ以外にないだろう。

「中年太りってヤツ？」

「煩《うるさ》いわね、これでも三十代半ばで通っているんだから」

「三十代半ばで通っているんじゃなくて、無理に通しているんじゃねぇの？」

沙智子に訊《き》きたいことはほかにある。だが、なかなか言いだせない。

それは沙智子も同じようだ。わざとあの母子《おやこ》のことには触れず、くだらないことを嬉々《きき》として喋《しゃべ》っている。

「失礼ね、お父さんと一緒に並んでいたら、私はお父さんの娘よ」

「それは嘘《うそ》だな」

「嘘じゃないのよ」

「つまり、オヤジがますます老《ふ》けたと」

「私が若いのよ」

明人は鼻で笑ってしまった。

「鼻で笑ったわね」

「俺、正直に生きているんで」

「正直に生きてるなら、久しぶりに会った母に『お母さん、今も昔もお美しい。女優デビューしたらどうですか』とでも言いなさい」

たとえ冗談でもそれを他人に言ってはいけません、と母に言いたかったがやめる。どんな反応が返ってくるかわからないからだ。足音を立てるのも憚《はばか》られる場所で、盛大な母子《おやこ》ゲンカを繰り広げるわけにはいかない。入院している祥子の迷惑にもなる。

この母としとやかな祥子がどうして仲がよいのか不思議だ。

「ギャラくれたら、役者になったつもりで言ってやる」

役者は嘘《うそ》をつく商売だ、と演劇部で大根役者を地でいっている先輩がうそぶいていた。かつてのバスケ部の部長は己の才能を勘違いしている。

「どうしてギャラが必要なの？」

「嘘をついちゃいけません、って俺に教えたのは誰だよ」

「私よ」

「ギャラもくれないのに嘘はつけません」

「まったくもう、タヌキの息子のくせに」

子供の頃から『タヌキ』という仇名《あだな》をつけられていた男と結婚したのは沙智子だ。彼女には選ぶ権利があった。明人は自分の意思でタヌキを父に選んだわけではない。ゆえに、文句の一つも出る。

「タヌキと結婚したのは誰だ？」

「私、とても疲れていたのよね。お金を運んでくれるんなら誰でもよかったの。女にはこういう時があるのよ」

まう。

「オヤジ、可哀相《かわいそう》に」

極めつきのかかあ天下に笑顔で耐えているタヌキ面《づら》の父親に、男として同情を抱いてし
「こんな綺麗《きれい》でやりくり上手の奥さんを貰《もら》っておいて何が可哀相《かわいそう》よ。明人、私に感謝しなさい。顔は私に似たんだから」

「俺、顔で得したことないぞ」

美男子の部類に入るだろうが、顔で得をしたことはない。それだけは断言できた。

「せっかくまともな顔に産んであげたのに」

「顔が役に立ったことは一度もない」

「美人だからって幸せになるわけじゃないってよく言うのよね。ああっ、こんなことを喋《しゃべ》ってる場合じゃないわ」

「そうだな」

「いい、嘘《うそ》はつかないで？」

明人の膝《ひざ》をポンっと叩《たた》いた後、沙智子は真剣な表情を浮かべた。

「うん」

「何を聞いても驚かないから」

「うん」

「邦衛くんは祥子のことなんて言っているの？」

実の母に対する邦衛の冷たさに、沙智子もずっと戸惑い続けている。沙智子もまた子供を持つ母だったから。

明人はありのままに答えた。

「何も言っていない」

「何も言っていない？　何もって、何も？」

「あいつは祥子おばさんのことをまったく話さない。訊《き》いても何も言わない」

邦衛が意地を張っているようには思えなかった。本当に自分の中から実の母親を綺麗《きれい》に消し去っている。

問い詰めたこともあったが、はぐらかされてしまった。

「今日、ここに邦衛くんを連れてくるの大変だった？」

「大変ではなかったけど」

「そう……」

「あの二人、いったい何があったんだよ。昔は普通の母と子っていうか、普通だったろ？祥子おばさんはちょっと過保護なところがあったけどさ」

祥子は邦衛が出場するバスケの試合には必ず来ていた。『あの美人は誰だ？』と顧問やチームメイトが騒いだこともある。

邦衛は心配性の母のために帰りが遅くなる時は必ず連絡を入れていた。母の日のプレゼントはもちろん、学校の行事などで遠くへ行った時も、母への土産《みやげ》は欠かさなかったものだ。

どこにでもいる母と子以上だった。

いや、普通の母と子供だった。

母に対する想《おも》いなどは一度も聞いたことがなかったけれども。

「祥子もどうしてこうなったのかわからないみたい。でも、祥子が室生《むろお》の家を出たこと、これが邦衛くんにとってはショックだったみたいね」

「だってさ、室生家に愛人が乗り込んできたんだろ。えっと、山下紀香《やましたのりか》だっけ？」

正妻である祥子がいる本宅に乗り込んできた初めての愛人は、プロの女ではなく素人《しろうと》だと聞いている。山下紀香、その半端《はんぱ》ではない美女ぶりも密《ひそ》かに聞いていた。

清衛も情熱的な紀香のことはとても可愛《かわい》がったらしい。どこに行くのも若い美女を連れていったと聞く。

とうとう祥子は清衛《きよえ》から離婚を言い渡されるのか、と密かに囁《ささや》かれてもいた。

「ええ、紀香さんよ、紀香さん。その紀香さんね、室生家の隅でおとなしくしてるどころか、陰でさんざん祥子をいたぶったのよ。離婚届を突きだして『清衛さんのために身を引いてくれ』とか『清衛さんは別れたがっている』とか、もうあの手この手でいろいろと。

祥子も根っからのお嬢様でしょう、やられっぱなし、ノイローゼになりかけたの。肝心の清衛さんはまったく頼りにならないしね」

「邦衛は？　祥子おばさんを庇《かば》わなかったのか？」

「だから、要領のいい女だって言ってるじゃない。清衛さんや邦衛くんがいないところで祥子をネチネチといたぶるのよ。罠《わな》にもハメるの。家政婦長の民絵《たみえ》さんを抱きこんで、祥子に満座の席で恥をかかせたこともあったらしいわ。民絵さんも民絵さんよ。さんざん祥子に世話になっておきながら、紀香さんの手先になるなんて」

したたかな紀香は祥子を室生家から追いだした後、用済みとばかりに住み込みの民絵に暇を出したという。今、民絵がどこで何をしているのか、誰も知らない。ちなみに、祥子は借金癖のある息子を持つ民絵には立場以上の金銭的援助もしていた。祥子は手酷《てひど》い裏切りに遭ったのだ。

「どうして？」

「祥子がよくできた奥様だったから面白くなかったんでしょう。あそこまで揃《そろ》っていたら憎たらしくなるのよ」

「そんな……って、オフクロも祥子おばさんが憎たらしかった？」

母と祥子が本当の姉妹以上の関係だと知っているが、女の裏を聞いた明人は思わず確認してしまった。

「お金持ちの娘だから羨《うらや》ましいと思ったことは何度もあった。まったくの他人じゃなくて遠い親戚《しんせき》だからなおさらね。でも、祥子はそれだけ苦労してるわ。それにあの子は本当に優しい。私はあの子を本当の妹みたいに思ってる。あの子は幸せになってほしかった」

「うん」

「紀香は今でも室生家で正妻のような顔をしているわ。室生家の顧問弁護士をよこしてね、離婚を勧めたこともあったの。あの弁護士、榊原《さかきばら》〜っ、祥子にだってさんざん世話になったくせにっ。あ〜っ、腹が立つったらありゃしないっ」

「オフクロ、声がデカイ」

「紀香のことを思いだすだけで暴れたくなるのよ。まったくもう、清衛さんもどうしてあんな女をっ、いくら若くて美人だからってーっ」

おばちゃんパワー炸裂《さくれつ》、耳をつんざく沙智子のおたけびが響き渡った。

「オフクロ、声を落とせ」

「殴り殺したいっ、焼き殺したいっ、絞め殺したいっ」

沙智子の握りこぶしは怒りのためかぶるぶると震えていた。

「こんなところでそんなこと言うな」

「明人、あんたがああいう女を嫁さんだなんて連れてきたら叩《たた》き殺すわよ」

「わかった」

「ま、あんたじゃ、ああいう女は寄ってきてくれないか」

「そうだよ」

「宝くじでも当てない限り、心配する必要ないわね」

宝くじで一発当てるしか大金を摑《つか》む手段がないと、沙智子は明人の将来を予想している。親の欲目で息子を過大評価しない現実的な母だ。気楽だが、少々腹立たしい。

「話を元に戻すぞ、だからってどうして邦衛が？」

「清衛さんは祥子を奥さんとして大事にしていた。それは邦衛くんも祥子もわかっているの。だから、自分から室生の家を出るって言いだした祥子のことがショックだったのよ。邦衛くんにしたら、母親が父親を捨てた？　そんなところなのかしら」

優しい母が父を捨てた。

確かに、それは子供にとってショックなことだろう。

また、清衛は邦衛に対して懐《ふところ》の広い父親でもあった。

「母親が父親を捨てたか……」

「当時、邦衛くんは難しい年頃だったしね。それになんだかんだ言っても、清衛さんと祥子、ケンカなんて一度もしたことないもの。それまで清衛さんが何人愛人を囲っても、祥子と邦衛くんに影響は全然なかった」

「はぁ……」

「愛人が本宅に乗り込んできたぐらいでどうして家を出る？　邦衛くんにはそんな気持ちがあったのかしら。邦衛くんは祥子に『あの女のことは無視しろ』って言っただけ。清衛さんもそういうフシがあったし」

自分はやりたい放題。

でも、人には忍耐を強《し》いる。

邦衛はそういう男だ。

「邦衛らしいかな」

「え？」

「人に我慢ばかりさせる邦衛らしい」

「は？　そうなの？　まぁ、炊事と洗濯ぐらいはしてあげなさい。はっきり言って、あんたがうちにいないから助かってるのよ」

明人がいないので食費が浮いている。また、明人の部屋は物置部屋と化している。早くも実家に明人の居場所はない。

「あのな」

「邦衛くんが女の子を妊娠させないように見張っていなさい」

「それは無理だ」

「今まで妊娠させなかったほうが不思議？」

「うん」

「邦衛くん、避妊はきっちりとしているのかしら？」

なんでもズケズケと言う沙智子に、明人は眩暈《めまい》を感じていた。

「俺に訊《き》くなよ」

「ちゃんと避妊するように言いなさいよ」

「勘弁してくれ」

「あなたが言わないで誰が言うの？」

「おい……」

「あ、あれ……」

特別室のドアが開いたかと思うと、ポーカーフェイスの邦衛が出てきた。こちらに気づいたようでゆっくりとやってくる。

が、その途中、とても優しそうな女性が個室から出てきた。見舞いが終わって帰る、そんな風情《ふぜい》が漂っている。

邦衛はその女性に声をかけた。

女性は邦衛の容姿に見惚《みほ》れている。

二人はエレベーターの中に入ってしまった。

あっという間の出来事に呆然《ぼうぜん》としていたのは、明人だけではない。

「ちょっ……」

「あ……」

「ちょっと、あれは何？　清衛さんにそっくり」

邦衛に向けている紗智子の人差し指がぶるぶると震えていた。人に向かって指を差してはいけません、という躾《しつけ》を明人にした母親とは思えない。

「だから、邦衛は清衛おじさんそっくりだって言ってるだろ」

ファミリーレストランで捕まえた果歩はどうなったんだ？

今までいろいろとあったが二股《ふたまた》三股はなかったはずだ。

とうとうそこまできたのか、と明人は呆《あき》れ果《は》ててしまう。

「祥子……祥子……祥子は？」

「俺に訊《き》くなよ」

「そうね」

ここがどこだか忘れている明人と沙智子は、駆け足で特別室に向かった。

二人の間でどのような話がなされたのかわからない。だが、白い病室の中で祥子は泣き続けていた。

「祥子？」

「私が……私が我慢すればよかったの？　ずっとあの家で耐えていればよかったの？　紀

香さん、自分の妹を邦衛くんに……邦衛くんに……」

当時のことを思い出しているのか、祥子の言葉は嗚咽《おえつ》で消される。それでも、事情はなんとなくわかった。

紀香は自分の妹を使って邦衛を取り込もうとしていたのだ。いや、取り込んでいたのかもしれない。あの頃、邦衛は真面目《まじめ》で爽《さわ》やかなスポーツマンだった。美女の手管《てくだ》にあっさりと落ちていたかもしれない。

若い義母が義子を誘惑する、なんていう下世話《げせわ》な話を思い浮かべた。

紀香自身が邦衛を籠絡《ろうらく》せず、妹を使ったところが、したたかな紀香の見事な手腕だろうか。

「次、邦衛くんに会ったら殴り飛ばしなさい」

目を吊《つ》り上《あ》げた沙智子は祥子に向かって、きっぱりと言いきった。

「え……？」

「祥子、凶器になりそうなダイヤの指輪を持っているじゃない。あれを指にして邦衛くんを殴り飛ばすの。腕力のなさはダイヤモンドでカバーできるわ。それくらいしてもいい」

固く握った拳《こぶし》を沙智子は振り回している。その背後には鬼子母神《きしもじん》がいた。

「そんな……」

「甘やかすからそうなるのよ」

「甘やかしたつもりはないんだけど」

「甘やかしすぎたわ」

邦衛を甘やかしすぎた、それは明人も詰《なじ》りたいところだが黙っている。

「そうかしら」

「ま、邦衛くんももう子供じゃないわ。いいかげん、わかるはずよ」

「あの子は……」

「それに、祥子は邦衛くんを連れて室生の家を出ようとした。邦衛くんを捨てたわけじゃないわ。いくらなんでもわかってるわよ」

祥子にとってたった一つの生《い》き甲斐《がい》は邦衛だ。そのただ一つの生き甲斐に想《おも》いが通じていないなど悲しすぎる。

邦衛の心が解けることを明人は心から祈った。

「明人くん、邦衛くんをお願いね」

祥子は何があっても邦衛の母親だ。

「はい」

「明人くんが女の子だったら邦衛くんのお嫁さんだったわね」

「俺はあんな浮気性の男は冗談じゃない。愛人を何人も作る男の嫁さんなんていやですよ。いくら金があってもね」

愛人を何人も作った男の妻に明人は堂々と宣言した。

俺が女だったらあんな男は耐えられませんと。

祥子が悪いわけではないと。

明人の気持ちが通じたのか祥子は柔らかな微笑を浮かべた。そして、細い声で言った。

「明人くん、沙智子にそっくり」

「それ、嬉《うれ》しくないんでやめてください」

「明人、どういうことよっ」

病室に沙智子のドスの利《き》いた声が響き渡った。

それから、五分ほどで明人は病室を後にした。明人がキーを持っているので黒のフェラーリは駐車場に駐《と》めたままだ。安全運転を心がけながら閑静な住宅街にある家に向かう。

案《あん》の定《じょう》、邦衛は帰っていなかった。

サナトリウムで会った女性といるのだろう。

何か、無性にやりきれない。

携帯を見ると、月島からメールが届いていた。

最低なダブルデートも許容範囲内だったのか、明日のお誘いである。おそらく、今後のつき合いに対する気持ちも含まれているだろう。

月島は明るくてとても優しい。さりげない気配りもできる女性だ。とりあえず、浮気性ではない。

彼女と新しい一歩を踏みだすのもいいかもしれない。

あのろくでもない男を思いきるいいチャンスかもしれない。

どんなに好きでも報われない。

たぶん、報われる日はこない。

祥子のように耐えるだけ耐えて、見限られるなど冗談ではない。

月島に『ＹＥＳ』という内容のメールを打った。そして、送信しようとした。しかし、その時、ゴリラ・コーナーが視界に飛び込んできた。

三メートル大のゴリラがこちらを見つめている。

『明人、僕以外の奴とどこに行くんだ』

『僕がいればいいだろう』

『僕だけ見ていればいい』

邦衛の声が聞こえたような気がする。

また、ほかの人間が心にいるのに、月島とつき合うのは失礼だ。優しい彼女を当て馬などにしてはいけない。

邦衛以上に惹《ひ》かれる人と出会えたら、邦衛を綺麗《きれい》さっぱり忘れる。

立良や雅紀に言った言葉は嘘《うそ》ではない。

明人は月島に断りのメールを打ち、送信した。それから、電源を切った。

夜になっても邦衛は帰ってこない。それなのに、宅配便や郵便小包だけはいくつも届いた。贈り主である企業名には覚えがないが中身はわかる。どうせ、ゾウ・グッズだ。

そのうちゾウにも飽きる。

いつか捨てられるゾウに溜《た》め息《いき》が出てしまう。

どっと疲れが押し寄せてきて、明人は目を閉じた。

翌日、一つにつき二十円の靴の内職に励んでいると予期せぬ来訪者がやってきた。安藤《あんどう》珠恵《たまえ》なる三十前ぐらいの女性とその弟の千尋《ちひろ》だ。珠恵はファッション雑誌の中でポーズをとってもおかしくない八頭身美人で、千尋もアイドルのような顔立ちをしている。雰囲気は違うが、姉と弟は目鼻立ちのはっきりとした美形だ。

「室生邦衛《むろおくにえ》さんはいらっしゃいますか？」

邦衛はまだ帰ってこない。不在を告げても二人は帰ろうとしなかった。いや、弟は帰ろうとしているのだが姉のほうが挑むような目を向けてくる。

玄関口で話が始まった。

「母がいないので私が千尋の母代わりです。滝沢《たきざわ》さんは室生邦衛さんとはご親戚《しんせき》なんですね？」

「はい、お互いの母が遠い親戚です」

「では、邦衛さんと同居している親戚の滝沢さんにお話しします。十三歳の中学生がロレックスの腕時計やD&Gのシャツを着るようになったら驚きませんか？」

珠恵の言葉を聞いた明人《あきと》の背筋に冷たいものが走った。

十三歳の中学生である千尋は俯《うつむ》いたまま、顔を上げようともしない。

「あの……」

「ブルガリの財布に十万円も入っていたので驚きました。私は千尋にブルガリの財布も十万ものお小遣《こづか》いもあげていません。もちろん、ロレックスの腕時計もD&Gのシャツも買い与えた覚えはございませんし、買えるようなお小遣いも渡していません」

邦衛の一目惚《ひとめぼ》れの相手の中には男も含まれている。今更驚いたりはしないが、幼いといっても過言ではない千尋に、明人は血の気が引いた。

それにしても、いつ？　どこで？　そちらのほうの疑問も大きい。

千尋のことはまったく知らなかった。

「はぁ……」

「心配して当然ですよね？」

「はい」

「千尋はおとなしい子なので下級生を恐喝《きょうかつ》するようなことはしない。お金を巻き上げるより巻き上げられるほうです。でも、私の知らないところで何かやっているのかもしれない。問い詰めました」

母代わりの姉はとても勝ち気だ。それだけ弟を愛しているのだろう。弟のほうも姉には頭が上がらないようだ。

「は……」

「邦衛さんはいったい何を考えているんですか？　学生といっても成人しているんでしょう。十三歳の分別もつかない子供相手にっ」

「その……」

「まさか、弟が……私の弟が……援助交際なんて……」

「あの、待ってください。援助交際じゃないと思います。邦衛は千尋くんが好きだったんだと思います」

淫行《いんこう》条例って男の子相手にも適用するのか？

邦衛、十三歳相手にどこまでやったんだ？

衝撃の事実を聞いた明人は焦《あせ》りまくった。

「援助交際でしょう」

「邦衛はそういうつもりじゃありません。惚《ほ》れっぽいんですけど、本気で千尋くんに惚れたんですよ。腕時計とかアクセサリーとか服とか、あいつは惚れた相手に気前よくいろいろとやるんです。援助じゃないことだけは確かです」

邦衛には人の心を金と物で買おうなんていう考えはない。自然体で人にいろいろなものを買い与えるのだ。

明人の弁明にずっと無言だった千尋が、初めて口を開いた。

「邦衛さんは本当に僕のことが好きだったんですか？」

「ああ……って、どこで会ったんだ？」

「図書館の帰り道で声をかけられたんです」

図書館に勤めている女性に一目惚れしてつき合ったが、一日で終わっている。それは千尋に出会ったからだろうか。

あどけない顔立ちに華奢《きゃしゃ》な身体《からだ》つき、声は変声期前のボーイソプラノ、男の目から見ても千尋は可愛《かわい》い。保護欲をそそられてしまう少年だ。

「邦衛は君に一目惚れしたんだよ」

「連絡をくれるって言ったけどくれませんでした。やっとメールがきたと思ったら『さようなら』って」

「あいつはタチが悪くてね。でも、その時の本気は君だったと思う」

どうして俺がこんなことを言わなければならないのか。でも、ここで俺がちゃんと言わないとヤバイ。そうでなければ、邦衛はいたいけな中学生を金で買った援交オヤジだ。

明人は必死だった。

「そうなんですか？」

「本気で君が好きだったんだよ」

「本当に？」

千尋も邦衛が好きだったのだ。おそらく、今でも邦衛を想《おも》っているのだろう。でも、今の邦衛の中に千尋はいない。

「ああ……その……なんて言ったらいいのかわからないけど、あ〜っ、もう交通事故に遭ったとでも思って」

思い余った明人から出た言葉に珠恵は目を吊《つ》り上《あ》げた。

「交通事故？」

「お姉さん、ごめんなさい。怒らないでください。邦衛は本気で弟さんが好きだったんです。援助交際じゃありません」

「私、男同士とかホモとかそういうのは別に気にしません」

珠恵は可愛《かわい》い弟の恋人が男でも構わないという豪傑らしい。おそらく、怒りまくっているのは弟が金で買われたということにだ。

「そのようですね」

「援助交際じゃなかったら、千尋は遊ばれただけ？」

「違います。その時は本当に好きだったんです。その……」

「つまり、邦衛さんは惚《ほ》れっぽくて飽きやすい？」

珠恵はズバリと言い当てた。

「そうです」

「そういう女友達、私にもいるのよね」

どこか遠い目をしながら、珠恵はポツリと呟《つぶや》いた。

「はっ……」

「そういう人って悪気がないのよね」

「はい」

「悪気がないから余計にタチが悪いのよね」

そうです、悪気がないから余計にタチが悪いんです。お姉さん、あなたとは友達になれそうです、と心の中で珠恵に同志愛を募らせている場合ではない。

「そうです。ただ、邦衛は本当に千尋くんが好きでした。その時は……」

「ま、私が無理やりここに千尋を連れてきたようなもんなんだけど。援交だったら許さなかったわ」

「それだけは違います。邦衛は千尋くんを買ったわけじゃない。惚《ほ》れたから口説いたんです」

「これ、返すわ」

邦衛が千尋に贈ったと思われるものが、珠恵から差し出された。

これらのものを邦衛が覚えているとは思えない。また、これらのものに対する思い出も綺《き》麗《れい》さっぱり忘れている。

「邦衛が千尋くんにあげたものです。受け取ってやってください」

「子供が持つものじゃないわ」

「質屋に流したらいくらかになりますよ。それで千尋くんと一緒に何か美味《うま》いもんでも食ってください。断っておきますが、慰謝料とかそういうんじゃない。あ、慰謝料を請求されるなら請求してください。あいつンち、金持ちだから出しますよ。思いっきりふんだくってください。これがあいつンちの顧問弁護士です」

明人は邦衛の顧問弁護士の連絡先を珠恵に渡す。

邦衛にあっさりと捨てられた十三歳の少年が、どれだけ傷ついたかわからない。金でカタがつくとは思えないが、痛みの大きさを金で表すのもよいかと思った。

「滝沢さん、邦衛さんの恋人？」

珠恵から同情されているような気がする。

「違います」

「そう？」

聡《さと》い珠恵にすべてを見透かされているような気がするが、肯定はしない。

「はい」

「ま……邦衛っていう男の顔が見たかったんだけど」

「もしかして、それが本音ですか？」

「千尋はたった一人の弟よ？」

「すみません」

「帰るわ」

「申し訳ございませんでした」

「どうして謝るの？」

「その……」

「千尋はフラれただけなんでしょう？」

気《き》っ風《ぷ》のいい珠恵に明人は目を見開いた。千尋にも彼女のような強さがあればいいと思う。いや、もうすでに乗り越えているようにも見えた。ロレックスを売り払った金でステーキを食べると息巻いている。ステーキでも焼き肉でもなんでも食いまくってくれ、だ。

「千尋くんが中学生じゃなかったら謝りませんでした」

「私も千尋が中学生じゃなかったら乗り込まなかったわ」

「すみませんでした」

「お元気で」

二人を見送った後、明人は大きな溜《た》め息《いき》をつく。

何をやっているんだ、と邦衛を思いきり罵《のの》しっているとインターホンが鳴った。邦衛が注文したゾウ・グッズが届けられたのかと思ったが、モニターに映っているのは宅配便のお兄ちゃんではない。紺色のワンピースに身を包んだ美里《みさと》だ。邦衛の何番目の彼女だったかは忘れたが、つい最近までつき合っていた。

「邦衛、いないんだけど」

『明人くんでいい。開けてちょうだい』

「俺になんの話？」

『いいから、開けて』

「俺一人なんだよ、困るよ」

『開けて』

「自分一人しかいない部屋に若い女性を入れちゃ駄目だって、祖父《じい》ちゃんの遺言なんだ。

ほら、俺も男じゃん」

『明人くんの母方のお祖父《じい》様も父方のお祖父様もご存命だって聞いたことがあるわよ。邦衛くんと二回目のデートの時、そういう話をしたでしょう。開けて』

「うっ……」

『開けてちょうだい』

明人は玄関のドアを開けるしかない。

今日は厄日《やくび》か、いつもより入念に着飾っている美里が乗り込んできた。

「お邪魔します」の挨拶《あいさつ》もそこそこ、美里は勝手に家の中を歩き回る。いや、邦衛を探しているようだ。美里はゾウで溢《あふ》れた部屋を見ても驚かない。ゴリラ・コーナーがある明人の部屋を見ても眉《まゆ》一つ動かなさい。目的物、すなわち邦衛だけを血眼《ちまなこ》になって探しているので、ほかのものには意識が向かないようだ。

「美里ちゃん……」

「邦衛くんにピザを作ってあげるっていう約束をしていたのよ」

美里はポーチのようなハンドバッグと高級食料品店の大きな紙袋を提げていた。紙袋の中にはピザの材料が入っているに違いない。

「それ、いつの話だ？」

「邦衛くんはどこに隠れているの？」

「居留守なんて使っていない。昨日から帰ってこないんだ」

「昨日から？　どうして？」

「その……昨日、邦衛のオフクロさんの見舞いに行ったんだ。オフクロさん、悪いんだよ」

「お母様についているの？」

「たぶん」

美里が邦衛に未練があるのははっきりしている。ここで邦衛が新しい女といちゃついているなどと漏らしたらどうなるかわからない。修羅場《しゅらば》は避けたかった。

「お母様、どこがお悪いの？」

「心臓、それにもともと丈夫じゃなかったんだ」

次、発作を起こしたら、最期《さいご》だと聞いていた。

「邦衛くん、そんなこと、ちっとも話さなかった」

「誰にもそういうことは話さないよ」

「どうして明人くんは知っているの？」

「俺と邦衛のオフクロさんは親戚《しんせき》、昔から仲がいいんだよ。姉と妹みたいなもんだ」

「明人くんと邦衛くんって……」

美里から挑むような視線を向けられた時、インターホンが鳴り響いた。今の明人には天の助けだ。

　テレビモニターで来訪者を確かめもせずに玄関のドアを開けた。それが間違いだった。昨日、サナトリウムで出会った優しい美女が立っていたのだ。手には大きなトートバッグとスーパーの買い物袋を提げている。彼女が邦衛のために手料理を作りに来た、というシチュエーション以外の何物でもない。

　どうして彼女がここにいる？

　いや、どうして一人でここにやってくる？

　邦衛はどうしたんだ？

　リビングには美里がいる。

　非常にヤバイ。

　起こるべきド修羅場《しゅらば》を想像した明人は真っ青になった。

「邦衛くんのうちはここだって聞いたんだけど？　明人くんね？　邦衛くんからお話は伺っています」

「あ～っ、はい」

「私、島桂子《しまけいこ》と申します。昨日、明人くんも邦衛くんと一緒にお見舞いにいらしていたんですってね？」

「はい……」

「邦衛くんにピザを作ってあげるって約束したの。上がらせてもらうわ」

上品な動作で靴を脱いで上がってくる桂子を止めることができなかった。

逃げたい。

でも、どこに逃げればいいのだろう。

いや、逃げる間もない。

「あの、邦衛はどこに？」

「さっき、大学のお友達に会ったのよ。河合十和子《かわいとわこ》さんていうとても綺麗《きれい》な方、明人くんもご存じ？」

河合十和子は惜しくもミス・キャンパスを逃したゴージャスな美女だ。明言はしなかったが、邦衛が十和子に気があるのは知っていた。

「は、はい……」

「邦衛くん、十和子さんにちょっとつき合ってくるって言っていたわ。ここで落ち合う約束をしているの。あら、明人くんの彼女？　お邪魔だったのかしら？」

桂子の視線がいつの間にかリビングからやってきていた美里に留まる。

フリルのついた可愛《かわい》いエプロンを身につけている美里は、にっこりと微笑《ほほえ》みながら挨拶《あいさつ》代わりの先制攻撃を繰りだした。

「先週まで邦衛くんとつき合っていました。私、ちょっとイラついていて、フってしまったんです。悪かったなって反省しています」

「そうですか」

年上の貫禄《かんろく》か、桂子はまったく動じなかった。

「邦衛くんとつき合っているんですか？」

「昨日からね」

「すぐ別れることになると思います」

もう、別れているかもしれません、と邦衛を誰よりもよく知っている明人は心の中でひっそりと呟《つぶや》いた。

おそらく、邦衛の心は桂子から十和子に移っている。

「そうかもしれないわね」

「桂子さんみたいな方を傷つけたくありません。帰ってくれませんか？」

「それがね、邦衛くんにピザを作ってあげるって約束してしまったのよ。帰れないわ」

「ピザなら私が作ります」

美里にしろ、手作りピザを関係復活の手段にしようと考えていた。すでに、戦闘服のエプロンも身につけている。

今の邦衛のハマりものがソバだったら、彼女たちは麺《めん》を打つのだろうか、なんてことを考えてしまう。手打ち麺にかけたヨリ、笑えるようで笑えない。

「約束は私と邦衛くんがしたの。ごめんなさいね。わかるでしょう？」

「私も邦衛くんと約束していたんです」

「それはいつの約束？」

「桂子さん、素敵な時計をしていますね。そういうものが似合う女性になってほしいわ」

「美里さん、その場の状況がちゃんと把握できる女性になってほしいわ」

美里と桂子の間では激しい火花が散っていた。殴り合わないだけマシか、殴り合ってくれたほうがマシかもしれない。

「明人くん、邦衛くんをフってしまって悪かったと思ってるわ。やり直してもいいと思ってここに来たのよ。彼女に帰ってもらって」

俺に話をふるな。

明人は背後に阿修羅《あしゅら》を背負っている美里から視線を背ける。

余裕の桂子が応戦した。

「邦衛くん、美里さんのことは忘れているみたいよ」

「邦衛くんがそんなこと言うはずないわ。ね、明人くんもそう思うでしょう？」

穴を掘って隠れたい。

素手でどこまで掘れるだろう。

モグラになりたい。

いっそのこと、モグラだったら邦衛に振り回されることもない。邦衛への恋情も忘れ、メスのモグラと恋物語を咲かせることもできる。

モグラ、モグラ、モグラ。

邦衛が今までにハマったものの中にモグラはいない。

現実逃避をしている場合ではない。

とりあえず、逃げる。

「俺、用事があるので」

靴を履くとほぼ同時に、二人の女性から尋ねられた。

「どこに行くの？」

「のっぴきならない用事があるんです。それじゃ」

「明人くん、待って」

「明人くん、待ちなさい」

「桂子さんを帰らせて」

「美里さんにわからせてあげてちょうだい。この子、頭がとてもお悪いみたい」

明人は修羅場《しゅらば》から逃げた。

あの後、どうなるのか予想はつかない。

ただひたすら刃物は振り回さないでくれ、と願うだけだ。

駅まで来たところで財布を忘れてきたことに気づいた。これではどこにも行けない。ここから近い立良《たつよし》のアパートに転がり込む。

「立良、助けてくれ」

立良は卓袱台《ちゃぶだい》でレポートを作成していた。大学院に進学するので勉学に抜かりはない。

立良は血相を変えている明人に思うところがあったようで、目を眇《すが》めながら突然の来訪の理由を尋ねた。

「邦衛は？　邦衛と何かあったのか？」

「そのほうがまだマシだった」

明人は大きな溜《た》め息《いき》をつきながら床の上にへたり込む。それから、額に浮かんでいる汗を手で拭《ぬぐ》った。

「は？　とうとう邦衛に襲われたのか？」

邦衛に襲われたぐらいで逃げない。いや、苦節ン年、やっとこうなったんだ、と感慨に浸るかもしれない。

思わず、ポロリと本心が漏れてしまった。

「それなら逃げない」

「は？」

「いや、そうじゃないっ」

ことの顛末《てんまつ》を話すと、立良は渋い顔で唸《うな》っていた。

「あいつ、いいかげんにしないとそのうち刺し殺される」

「ああ……」

「なんとかしろよ」

立良に言われるまでもなく、邦衛をなんとかできるものならとっくの昔にしている。だが、血筋に躾《しつけ》はできない。

「なんとかしてくれよ」

「俺に言うな」

「あの二人、どうなったんだろ」

明人はポツリと呟《つぶや》いた。逃げだした自分が言うのもなんだが、残してきた美里と桂子がとても心配だ。

「どうして逃げてきたんだ？」

「お前だってあの場所にいたら逃げるさ」

「そうかもな」

「な、悪いんだけど」

「ん……？」

「起きてからまだ何も食べてないんだ。腹減った」

「やきそばでいいか？」

一昨日《おととい》、二日食べ続けるつもりで多めに作ったやきそばが残っているという。意外にもマメに自炊をする立良であった。部屋の中もきちんと整理されている。

「文句なんか言える立場じゃないけど、やきそばとピザ以外がいい」

「わかった」

「立良、今夜、泊めてくれ」

「いいけど、邦衛にバレたら煩《うるさ》いんじゃないか？」

「今日ばかりはマジに疲れた」

大きな溜《た》め息《いき》をつき、立良が作ってくれた料理を食べていると電話が鳴り響いた。応対しながら立良はこちらを窺《うかが》っている。

「明人ならいるけど……それは邦衛に言えよ。邦衛の問題だろ。あ？　わかった。明人に替わる。明人、雅紀《まさき》からだ」

明人は立良から受話器を受け取った。

「ああ……もしもし？」

『明人、邦衛はどこにいるんだ？』

「たぶん、女とどこかにいる」

『果歩《かほ》ちゃんはどうなったんだ？』

果歩ちゃん？

誰だったっけ？

記憶力が悪いわけではないのだが、雅紀が誰のことを言っているのかわからなかった。数秒考えてやっとのことで思いだす。

雅紀と同じファミリーレストランでバイトをしている清楚《せいそ》な美女が果歩という名前だった。邦衛は速攻で落としている。昨日、祥子《しょうこ》の見舞いに向かっている時、邦衛は彼女との別離を口にしていた。どんな別れ方をしたのか明人は知らない。

「知らない」

『今日、果歩ちゃん、邦衛んちでピザを作ることになっていたらしい。そうしたら、女が二人いたそうだ。凄《すご》かったらしいぞ』

美里と桂子が火花を散らしているところに果歩まで登場、想像を絶する事態だ。

邦衛は果歩に別れを告げていなかったのかもしれない。あの状況からすると、きっと告げることすら忘れているのだ。

「あ……」

『明人、逃げたな』

「お前だったらどうする？」

『それはおいといて、果歩ちゃん、今、俺の目の前で泣いているんだけどさ。お前、来てくれないか?』

そばで泣いている果歩に聞かれないためか、雅紀の声はいつになく小さい。

「葛西《かさい》先輩、果歩ちゃんが好きだったんだろ。葛西先輩を呼べ」

『葛西先輩、邦衛と兄弟になるのはいやだってさ』

「な……」

明人は絶句した。

『果歩ちゃんを連れていくから、話を聞いてやってくれ』

「待て、もう、それだけはやめてくれ」

『俺も困るんだよ』

「俺だって困る。冗談じゃない」

『お前が邦衛をちゃんと捕まえておかないから悪いんだろ。ホモ以上の完璧《かんぺき》なホモのくせに何やってんだよ。さっさとホモれよっ』

「お前がそれを言うか? とりあえず、ここには絶対に連れてくるな。連れてきてみろ、立良と一緒に殴り殺すぞっ、焼き殺すぞっ、絞め殺すぞっ」

沙智子から譲り受けた『殺す・三連発』を叫んだ後、電話を切った。それから、目を丸くしている立良に向かって右手を差しだした。

「立良、金を貸してくれ」

「は……?」

「雅紀が果歩ちゃんを連れてここに来るかもしれない」

「困る」

「俺だって困る」

「どうして果歩ちゃんはわざわざ雅紀のところに行ったんだ?」

立良の指摘で明人は果歩の想《おも》いに気づいた。

「あ、大丈夫かな」

「え?」

「果歩ちゃんタイプは結構切り替えが早いっていうのか、男関係は凄《すご》いんだ。たぶん、果歩ちゃんは雅紀を狙《ねら》ってる」

だから、果歩は雅紀の前で盛大に泣いているのだろう。

雅紀は『そんなに泣かないでくれ』と慰めるはず。

そこですかさず果歩は言う。

『じゃあ、雅紀くんが彼氏になってくれる?』と。

このパターンは明人自身、何度か経験したことがあった。そういうことをする女性のタイプも決まっている。

明人も男なので女性に泣かれると非常に弱い。その都度《つど》、困り果ててしまった。

「え……？」

「邦衛に捨てられた後、邦衛の友達とか先輩とかに迫るのは、だいたいああいうタイプだった。果歩ちゃん、邦衛に見切りをつけて雅紀に走ったんだ」

「そ、そうなのか？」

「ああ……」

「よくわからん」

今時珍しいほど真面目《まじめ》な立良は首を左右に振っていた。明人にしても、そういう気持ちやつき合い方はわからない。でも、これが現実だ。

「深く考えるな、深く……あ、メシ、お代わりしていいか？」

「どうぞ」

「な、玉子焼きも欲しい」

立良が焼いてくれた玉子焼きは出しが利《き》いていて絶品だった。ネギの味もポイントになっている。これだけでごはんが三杯食えそうだ。

「いいぜ」

「ネギもいっぱい入れて」

「ああ」

不条理極まりない邦衛に振り回されていると、無骨ながらも優しい立良が最高の男に思える。

「お前、いい奴だな」

「……どうも」

「美里ちゃんも桂子さんもお前にしときゃよかったのに」

「どうも」

その夜、明人は立良のアパートに泊まった。


「頼む、ついてきてくれ」

「わかった」

翌日、大学に行く前に立良《たつよし》と一緒に自宅に戻ったが、邦衛《くにえ》が帰った様子はない。美里《みさと》と桂子《けいこ》と果歩《かほ》が争った形跡もなかった。出てきた時そのままの状態なので、明人《あきと》はほっと胸を撫《な》で下《お》ろす。

「よかった」

「何もなかったようだな」

「なんかあったんだろうけど、ま、女の子だからな」

「暴力沙汰にはならないか」

　着替えをしてから二人で大学に向かった。やたらと風がきつくて、落ち葉が宙を舞っている。愛想のいい中年夫婦が切り盛りしている定食屋の看板も派手に揺れていた。

「よう」

教室では目の下に餌《えさ》のいらないクマを飼っている雅紀《まさき》がいた。目が大きいのでクマができやすいのだが、本日はまた格別である。第一声は文句だ。

「明人、大変だったんだぞ」

「そうか？」

「果歩ちゃん、ずっと泣きっぱなし」

雅紀の口調から、果歩にどれだけ激しく泣かれたのか容易に想像できる。目の前で溜《た》め息《いき》をついている男が取った行動も手に取るようにわかった。

「それで？　優しく慰めてやったのか？」

「誠意を込めて慰めた」

「で、果歩ちゃんとつき合うことにしたのか？」

淡々と言う明人の指摘に雅紀は腰を抜かさんばかりに驚いていた。

「どうしてわかるんだ？」

「やっぱり」

「どうしよう」

「何が？」

「友達の元カノだぜ？　そういうのは仁義《じんぎ》に反する」

友人の想《おも》い人《びと》には手を出さない。友人の恋人には手を出さない。たとえそれが過去の話であっても。

今時、そういう律儀《りちぎ》な男は滅多《めった》にいない。一笑されるだけだ。

「お前、そんなことを気にするタチだったのか」

「俺をなんだと思っているんだ」

雅紀はとても軽そうな男に見えるが、中身はそうでもない。苦笑を浮かべている明人を睨《にら》みつけた。

「お前も邦衛の性格は知っているだろう」

「ああ」

「邦衛はもう果歩ちゃんのことは綺麗《きれい》さっぱり忘れてる」

「だろうな」

「お前、果歩ちゃんに押されただけか？　いやなのか？」

「いやってわけじゃないけど、邦衛の元カノってことが引っかかる。それより邦衛は？」

ある程度のレベルの女の子に強く押されたら、だいたいの男は深く考えずに頷《うなず》く。まず、よほどのことがない限りつき合うものだ。世の大半の男は、自分に好意を寄せているとわかった異性に冷たくはできない。

「帰ってこない。新しい女のところだ」

「新しい女って、美里ちゃんでもなく桂子さんでもないんだな？」

「ああ」

「どんな女だ？　知ってるのか？」

「たぶん、河合十和子《かわいとわこ》」

「は……とうとうあのゴージャス・十和子が？」

「たぶんな」

「先生、来たぜ」

立良の言葉で髪の毛が寂しくなった教授の登場に気づく。

講義が始まった途端、雅紀は眠りの国へ旅立った。明人も雅紀の後を追った。

今日も講義は上の空、高い授業料を払ってくれている両親には告げられない事実だ。教室を出てロータリーを歩いていると、いやというほど知っている男が現れた。

「邦衛？　もう授業は終わったぞ」

「明人、昨日は何をしていたんだ？」

怜悧《れいり》な美貌《びぼう》は崩れていないが、身に纏《まと》っているオーラは尋常ではない。

「は？」

「昨日はどこで何をしていた？　何度も電話をしたんだぞ？　携帯にもかけたけど出ない。どうして出なかったんだ？」

ことあろうに、邦衛は昨夜《ゆうべ》の不在を詰《なじ》っている。いくら明人でも、今度ばかりは黙っていられない。

「お前、昨日、うちで何があったのか知っているのか？」

「美里と桂子が鉢合ったんだろ？　それで君はどこに行ったんだ？　どこで何をしていたんだ？」

「美里ちゃんと桂子さんが罵《のの》り合《あ》ったことを知っているのか？」

「桂子から聞いたよ。それで、君はどこに行っていたんだ？　僕に隠れて何をしていたんだ？」

こいつ、何を言っているんだ。

今更といえば今更かもしれないが、邦衛の神経を疑わずにはいられない。

「お前、もっとほかに言うことないか？」

「僕以外の奴と一緒にいたのか？」

「もっとほかに言うことがあるだろう」

「どこで何をしていたんだ」

明人が引かないと話は進まない。邦衛が求めている昨日の自分の行動を、明人は憮然《ぶぜん》とした表情で告げた。

「立良のところに避難していた」

「どうして、立良？」

共通の友人相手であっても、邦衛の独占欲はいかんなく発揮される。

「あのままあそこにいてみろ、どんなことになるかわかったもんじゃない。それに、俺は部外者だ。部外者が口を出すことじゃないからな」

「だからって、どうして立良のところに泊まるんだ？」

外泊先が立良のアパートでなくても罵《のの》られていただろう。実家に戻っていても詰《なじ》られていたかもしれない。

「財布を忘れたんだよ」

「どうして僕のところに来ない？」

連絡一つよこさず、自分はどこで何をしていたんだ？

邦衛は例の如《ごと》く、自分のことは思いきり棚に上げている。

「無理を言うな、お前がどこにいるのかわからなかった」

「もう許せない、どうしてほかの奴のところに泊まるんだっ」

「全部、お前が悪い」

郵便ポストが赤いのは邦衛のせい、とまでは言わないが、それ以外はすべて邦衛が悪い。自覚していないので更に悪い。うんざりする。

「僕は悪くない」

「これもあれもそれもどれもすべてお前が全部悪いんだよっ」

「キスしろ」

一瞬、何を言われているかわからなかった。

「は？」

「今、僕にキスしろ」

冷たく整った顔が近づいてくるので、明人は身体《からだ》を引いた。

「何を言ってるんだ」

「誰が見ててもいいから僕にキスしろ。そうしたら許してやる」

「ふざけるなーっ」

周囲にいた学生が驚いて振り向くほど大きな声で怒鳴った時、優しい顔立ちをした女性が近づいてきた。

「邦衛くん、何をしてるの？」

「ああ、寛子《ひろこ》、ちょっと待ってろ」

寛子と呼ばれた可愛《かわい》らしい感じの女性は、おそらく邦衛の今の彼女だ。それは訊《き》かなくても二人の間に流れている空気でわかった。

「寛子？　文学部の河合十和子さんじゃないのか？」

「彼女とは別れた」

昨日、桂子がいるにもかかわらず、十和子に心を移した。それなのに、もう、邦衛の中に十和子はいない。流行《はやり》のラーメン屋の客以上の回転率に顎《あご》を外しかけた。

「はっ……で、寛子さんが新しい彼女か？」

「そうだ、行くぞ」

邦衛に腕を摑《つか》まれた明人は目を吊《つ》り上《あ》げた。

「行くぞってどこへ？　ピザを食いに行くのはごめんだ。動物園もＮＯ、ゾウは寛子さんと見てこい」

「ホテルだ」

邦衛に限って、食事をするためだけにホテルに行くわけではあるまい。寛子がそばにいるのだから目的は一つだ。

ホテルまでつき合うなど言語道断、あまりのことに明人は眩暈《めまい》を起こしそうになった。

「いくらなんでも……」

「来い」

「寛子さんとえっちするのか？」

もしかしたら、ホテルで食事をするのかもしれない、という一抹《いちまつ》の期待はあっさりと裏切られた。

「ああ」

「ふざけるな」

「早く来い」

「最中、俺は何をしてればいいんだ」

惚《ほ》れた男が女を抱いている。

それだけでも胸が痛むというのに。

「隣で寝てろ」

「ふざけるな、寝られるわけないだろ」

「じゃ、見てろ」

「俺は帰る」

明人は怒りに任せて邦衛の腕を振り払おうとした。しかし、邦衛の怒りも大きい。

「帰るなっ」

「帰る」

「もう許さない、いつも僕の隣にいろ」

「えっちの最中に俺がいてどうするんだよっ」

「君が立良のところに泊まったりするからいけない。二度とそんなことはさせないから」

凄《すさ》まじい力で腕と腰を掴《つか》んで、校門に向かって歩きだす。しかし、明人は必死になって踏《ふ》み留《とど》まった。そして、低い声で凄《すご》んだ。

「待て」

「来い」

「いやだ」

「どうして僕に逆らう」

これが邦衛の本性か、明人はいつも従う者として認識しているかもしれない。明人にも意思はあるというのに。

「逆らうって」

「僕に逆らうな」

「あのなっ」

「君は僕のそばにいればいいんだ」

「真っ最中の隣にいるのだけはいやだ。それだけはいやだ。死んでもいやだっ」

あたりに響き渡るような声で叫んだ明人は、自分が今どこにいるのかも忘れていた。邦衛も周囲など気にしていない。

立良は邦衛の横暴に驚きで固まっている。

あたりを窺《うかが》いながら、作り笑いを浮かべた雅紀が間に入った。

「君たち、大声で罵《のの》り合《あ》うのもそこまでに」

「雅紀……」

鬼のような形相を浮かべていた明人だが、雅紀に肩を宥《なだ》めるように叩《たた》かれて、自分を取り戻した。あたりを見回す勇気がなくて俯《うつむ》いてしまう。

雅紀は邦衛の肩も宥めるように優しく叩いていた。

「邦衛、えっちまで明人をつき合わせるのはいくらなんでも可哀相《かわいそう》だぞ。寛子さんにも失礼だ。えっちを諦《あきら》めるか、明人を諦めるか、どちらかを選べ」

寛子との性行為か、明人か、雅紀の突きつけた選択肢を邦衛は受け入れ、迷うことなく、寛子との行為を選ぶ。ただ、注意がついていた。

「雅紀、明人が誰とも仲良くしないように見張っていろ」

「見張り賃は？」

「いくら？」

「一万」

「よし、雅紀、明人に手を出すな」

凄《すさ》まじい迫力を漂わせている邦衛は雅紀に一万円札を手渡した。

「俺は根っからの女好き」

「明人に触るな」

「頼まれても触りたくない」

「肩を触った」

つい先ほどの明人を宥《なだ》めるための行為すら、邦衛にとっては許しがたいものらしい。雅紀はケラケラと笑い飛ばした。

「あれは叩《たた》いたんだ」

「明人に触るな」

「わかった」

「明人と仲良くするな」

「ああ」

「明人は僕のものだ」

「わかってるよ」

邦衛は寛子と腕を組みながら去っていった。

明人を含め残された者たちは呆然《ぼうぜん》とするしかない。

一万円札を握っている雅紀でさえ、途方もない邦衛に呆《あき》れていた。邦衛の前で演じていた余裕のある男は影を潜めている。

「あいつ……」

「明人、考えたほうがいいぞ」

あまりに身勝手な邦衛に、立良の鋭い目がますます鋭くなる。雅紀もせしめた一万円を財布に収めながら、立良の意見に賛同した。

「ああ、俺が言うのもなんだけど、あいつはもうなんていうのか」

「無茶苦茶だ」

きっぱりと言いきった立良に雅紀も深く頷《うなず》いた。

「確かに、無茶苦茶だ。このところ加速ついてないか？」

「前はもうちょっとつき合う相手のサイクルが長かったよな」

「それでも平均一週間だったか？」

「でも、今みたいに隔日連続はなかっただろう」

「あいつ、どうしたんだ？　明人？」

「とりあえず、えっちの付き添いは免《まぬか》れた。礼を言うよ」

明人の口から出た言葉に雅紀の顔が派手に歪《ゆが》んだ。

「お前、とことん……」

「そんなに邦衛が好きなのか？」

なんだか二人から哀れまれているような気がする……。

「そういうわけじゃないんだけど」

「バレバレなんだよ。今更ごまかすな」

目を吊《つ》り上《あ》げた雅紀に吐き捨てるように言われる。続いて、立良からは苦悩に満ちた顔と言葉が向けられた。

「見ているほうが辛《つら》い」

「あいつを見切るか、まとまるか、決めたほうがいいぞ」

それができたら苦労しない。

邦衛を見切ることなどできないし、かといって踏みだすこともできない。明人もまた、邦衛と少しでも長く時を過ごしたいから。

邦衛に対する想《おも》いは言葉で表すことができなかった。

目の前にいる二人にこの気持ちは理解できまい。

「雅紀、今日もバイトだろ。遅刻するぞ」

「あっ、ヤバイ、じゃあな」

明人の見張り賃を貰《もら》った見張り人は、バイト先に向かって走りだした。立良と目を合わせるとほぼ同時に苦笑を漏らす。

「明人、逃げたな」

「さぁ？」

「帰るか」

「ああ」

二人はゆっくりと歩きだした。

校門を出た頃、携帯が鳴り響く。母親の沙智子《さちこ》からだった。相変わらずというのか、第一声は息子を気遣う言葉ではない。

『邦衛くんを捕まえてっ』

「はっ？」

『祥子《しょうこ》が亡《な》くなったの』

「え……？」

『どんな手を使ってもいいから、早く邦衛くんを捕まえてっ』

寛子とホテルに向かう邦衛の背中を見送ったばかりだ、捕まえることなどできない。

「無理を言うな」

『邦衛くんを連れて早く来てっ』

「どこに行ったかわからないんだよ」

『お通夜《つや》は今夜、ちゃんと連れてきてよっ。そうじゃなきゃ、あなたも祥子のもとに叩《たた》き送《おく》るわよ。あなたも本当に祥子には可愛《かわい》がってもらったのよ。それは知ってるわねっ。ちゃんと邦衛くんを連れてきてっ』

「おい」

『邦衛くんを連れてこなきゃ、殴り殺すっ、焼き殺すっ、絞め殺すーっ』

反論する間もなく、『殺す・三連発』の後に携帯は切れた。

「祥子おばさん……」

つい先日、会っていた人がこの世からいなくなったなんて、まだ実感が湧《わ》かない。明人は父方も母方も祖父母は健在で誰かを亡《な》くしたこともなかった。

「明人、どうしたんだ?」

携帯を握ったまま立ち尽くしている明人を、立良が怪訝《けげん》そうに見た。

「邦衛のオフクロさんが亡くなった」

「え……?」

「とりあえず、邦衛、邦衛、邦衛だ」

慌てて邦衛の携帯を鳴らしたが、電源を切られている。

「あの野郎」

「寛子っていう彼女に面識はないのか?」

「全然ない。どこでどうやって知り合ったのかもわからない」

「ホテルについていっていればよかったな」

「恐ろしいことを言うな」

「悪い」

清衛《きよえ》の顧問弁護士の榊原《さかきばら》からも連絡が入る。電話の内容は沙智子と同じ、祥子の死亡と邦衛の所在だ。

『探してください』

「無理です」

『お願いですから、探してください。お通夜《つや》は今夜です』

「どこに行ったかわかりません」

『お願いです。お通夜までに連れてきてください』

「女とホテルに行ったのはわかっています。でも、どこのホテルかわかりません。絶対に無理です。先生も邦衛の性格は知っているでしょう」

『明人くんしかいないんです。邦衛くんをお通夜に連れてきてください』

それだけ言うと、明人の返答を待たずに電話は切れる。

「切りやがった」

無駄だと思いつつも、明人はそこらじゅうに連絡を入れた。結果、すべて空振り、明人は大きな溜《た》め息《いき》をついた。

「どうしよう」

立良は邦衛の携帯を何度も鳴らしてくれていたが無駄なこと。

「あいつが行きそうなホテル……あ……あそこら辺かな?」

「心当たりがあるのか?」

「寛子さん、ゴージャス系じゃなかったよな?」

寛子はとりたてて美人でもないが不美人でもない。ナチュラルメイクにセミロング、小柄、派手なものや個性的なものはいっさい身につけていない。華やかな美女だった十和子とはまったく違う、どこにでもいる平凡な女性だった。ただ、雰囲気や仕草が女らしくて可愛《かわい》い。自分の見せ方をよく知っている女性だ。

「普通の女性じゃなかったか?」

「じゃ、あそこだ。あの二人、車じゃなかったな」

「ああ」

「タクシーを捕まえよう」

明人は立良とともに目星をつけたホテル街に、タクシーで向かった。祥子の死を悲しんでいる間もない。

タクシーから降りて少し歩くと、いかにもといったロケーションが広がっている。秋の夕暮れ時なので、なんともいえない雰囲気が漂っていた。

「明人、ホテルの中に入って邦衛を呼びだしてもらうのか?」

けばけばしいホテルから西欧のアパルトマン風のホテルまで、いろいろと並んでいる。

どこに入ったのか見当もつかない。

「こういうホテルだからな、無理かな」

「どうするんだ？」

「今更なんだがどうしよう」

「ここで『火事だっ』て大声で叫んでみるか？　出てくるかもしれない」

有効のようで無効の意見が、ホテル街の雰囲気に圧倒されている立良の口から出た。

ここでどんなに大声で叫んでも、肝心の邦衛には届くとは思えない。第一、ホテルの部屋は防音が効《き》いているはずだ。

「本当の火事じゃなきゃ出てこないと思う」

「いくらなんでも放火魔になるのは」

「それは避けよう」

「消防車を呼ぶか？」

「サイレンを鳴らしながら来てもらうのか？」

「そうだ」

「これなら厳重注意ですむか？」

「わからないけど、効果はないと思う」

「警察、パトカーのサイレンを鳴らしてもらうか」

「立良、だから、サイレンが邦衛の耳に届くかわからない。もっと違う手を考えよう」

「ん……」

その時、前方から足早に歩いてくる女性を見た明人は声を上げた。立良も気づいて、立ち止まっている。

「寛子さん？」

「あ……」

「邦衛は？　邦衛と一緒じゃなかったんですか？」

寛子が無言で通り過ぎようとしたので、明人は焦《あせ》りながら追《お》い縋《すが》った。彼女を逃したら、邦衛を捕まえることはできない。

「すみません、邦衛はどこにいるんですか？　教えてください」

「………」

「まさか、まさかとは思うけど、もう別れたんですか？」

ホテルで邦衛といちゃついているはずの寛子が、どうして一人でこんなところを歩いているのか、その理由に思い当たった。

明人は仏頂面《ぶっちょうづら》の寛子からじっと見つめられる。

「あの？」

「邦衛くん、ホモだったのね」

その寛子の一言で明人は状況を把握した。邦衛という悲しすぎるほど節操のない男を知っているからだ。

「は？　その、つまり、どこかの男に一目惚《ひとめぼ》れしたとか？」

「私をこんなところに連れてきて、それなのに……邦衛くん……」

「はい？」

「とても綺麗《きれい》な男の人を見た途端……」

「はい」

「邦衛くん、『さよなら』って」

「は……」

「綺麗な男の人のそばに行ってしまったの」

寛子には申し訳ないが、邦衛をよく知っている明人はもう笑うしかなかった。

「ははははは……」

「邦衛くんっていったいどういう人なの？」

「病気なんです、病気、もうどうしようもない病気なんです」

祥子は清衛の女道楽を『病気』と言っていた。あの時の祥子の気持ちが痛いほどわかるような気がする。病気とでも言わないとやってられないのだ。

「病気なの？」

「病気です」

「そう……確かに、病気っぽいわね」

病気ということで寛子も自分を納得させているようだ。

「はい、それで、その男とどこのホテルに入ったんですか？」

「そんなこと、知ってどうするの？」

「あいつのオフクロさんが亡《な》くなったんです」

ことがことだけに、顔を真っ赤にして怒っていた寛子の怒りも削《そ》がれたようだ。

「え……？」

「通夜《つや》は今夜です。お願いします、どのホテルに入ったのか教えてください」

「こっちよ」

足早に歩きだした寛子の後に続いた。

この一帯にはラブホテルしかない。わけありそうな中年のカップルがあたりを窺《うかが》うように歩いている。

「女一人に男二人？」

「あの女、二人も相手にするのか」

「3Pってヤツね」

明人と立良を従えて歩いている寛子を見た若いカップルの会話が聞こえてくる。明人は心の中で寛子に何度も詫《わ》びた。

「ここよ、じゃあね」

自分が邦衛と入るはずだったホテルを指した後、寛子はクルリと背を向けた。

「ありがとう」

明人と立良は低い声で寛子に礼を言った。

それから、顔を見合わせる。

「明人、入るか？」

「それしかないだろう」

「男二人で入るのか？」

気持ちはわかるが、この期《ご》に及《およ》んで立良は動揺している。

「仕方ないだろう。あいつがごねたら腕ずくでいく。助《すけ》っ人《と》頼むぜ」

「俺、こういうホテルに入るの初めてだぞ」

「俺もだ」

恐る恐るホテルの中に入ると無人のフロント、部屋の様子が映しだされているモニター画面がいつくもあった。そのモニターの前では男二人のカップルが部屋を選んでいる。スーツ姿の男がジャクジーバス付きの部屋を選び、そのボタンを押した。すると、部屋までの道順が点灯したライトで記される。

地味なスーツに身を包んでいる二十代半ばぐらいの男は、女性のような顔立ちをしていた。肌が透けるように白い。麗人と呼ぶに相応《ふさわ》しい青年の横にいる長身の男に明人は気づいた。

「邦衛？」

「明人？　どうしてこんなところにいるんだ？　立良？」

問答無用、邦衛は立良の顔を殴り飛ばす。なおも摑《つか》みかかろうとする邦衛を、明人は必死になって押さえた。

「待て、お前を探しに来たんだっ」

「どうして、立良とこんなところに来るんだっ」

嫉妬《しっと》で怒り狂った邦衛に横《よこ》っ面《つら》を張り飛ばされてしまった。今まで、一度も邦衛に手を上げられたことはない。

「だから、お前を探していたんだ」

「よくも僕を裏切ったな」

「裏切ってないっ」

「僕がいるのにっ」

「俺の話を聞けっ」

「立良、交換だ」

邦衛はそばで人形のように固まっている美貌《びぼう》の青年を立良の前に立たせた。それから、明人の腕を摑《つか》んでライトで記されている部屋のほうへ歩きだす。

「待て、そっちじゃない」

「逃げるのか？」

悪鬼《あっき》と化している邦衛に明人は凄《すご》んだ。

「祥子おばさんが亡《な》くなったぞ」

「え……？」

「今夜はお通夜《つや》だ」

状況を把握した途端、邦衛は固まった。

「行くぞ」

「………」

黙りこくった邦衛の手を引いて、明人は出口に向かった。

すると、邦衛から押しつけられた麗人と腕を組んで歩いてくる立良に出会う。よく見ると、仲良く腕を組んでいるのではなく、立良は麗人に拘束されているようだ。

スーツ姿の麗人はウインクを飛ばしてきた。

反面、立良は縋《すが》るような目を向けてくる。

ごめん、自分でなんとかしてくれ、と明人は心の中だけで立良に詫《わ》びた。こちらもそれどころではないのだ。

ホテルを出て、隠微《いんび》なムードが漂っている通りを足早に通り抜けた。大通りで流しのタクシーを捕まえると、高級住宅街にある室生《むろお》家に向かう。

タクシーの運転手は世間話の代表である天気の話題を振ってきた。ウザくて仕方がなかったが、明人は笑顔で応じる。隣で座っている邦衛はずっと黙ったまま、夕闇《ゆうやみ》に包まれている車窓の景色をじっと見つめていた。

「邦衛？」

「…………」

「邦衛？」

「あ……？」

「ついたぞ」

「ああ……」

見事な日本庭園を持つ大邸宅には威風堂々《いふうどうどう》とした清衛《きよえ》がいて、祥子の親戚《しんせき》も揃《そろ》っていた。みんな、邦衛の登場に安心している。

「邦衛、お母さんに挨拶《あいさつ》しなさい」

喪服姿の清衛の指示に邦衛は従った。

「はい」

「明人くん、祥子に会ってあげて」

「はい」

明人は祥子の亡骸《なきがら》に対面しても、まだ実感が湧《わ》かない。穏やかな顔のせいか、眠っているような気がする。

邦衛は怜悧《れいり》な美貌《びぼう》をいっさい崩さず、祥子をじっと見つめていた。その姿からはどのような気持ちなのか窺《うかが》うことすらできない。

祥子を室生家から追いだした紀香《のりか》は二人の子供とともに堂々としている。さすがに、若さは失われているが、華やかな美貌《びぼう》は保っていた。

「祥子さん、まだお若いのに」

「ええ、まだ若いのにね」

「苦しまずに逝《い》ったんですって」

「それだけが不幸中の幸いですね」

誰もが祥子と清衛の夫婦関係を知っていたが、そのことについては何も言わない。ただ、早すぎた死について語っていた。

泣《な》き濡《ぬ》れた沙智子に喪服を差しだされる。

「邦衛くん、明人、着替えてきて」

邦衛と一緒に無言のまま黒いスーツに着替えた。

それからのことはよく覚えていない。

近親者だけで祥子を見送る密葬という形にしたので、室生夫人の通夜《つや》にしてはとても寂しいものだった。本来ならば、政界の関係者もこぞって出席する盛大なものであるのに。

つつがなく通夜が終わった。

それだけは確かだった。


翌日の葬式も問題なく終わった。みんなで別れの膳《ぜん》を食べた後、一気に初七日《しょなのか》まで終わらせてしまう。多忙な者が多いからだ。

「明人《あきと》、どうして帰るんだ?」

明人は両親と一緒に室生《むろお》家を辞そうとしたが邦衛《くにえ》に止められる。邦衛はいつもと同じように淡々としているが、どこか違う。

「いや、今回は……」

「帰るな」

真上から叩《たた》きつけるような命令口調とポーカーフェイス、どこがどう違うとは言えないけれども邦衛はいつもと違った。そんな邦衛から離れるのは気が引けるが明人は他人だ。

このまま室生家に残ることは憚《はばか》られる。

「俺は他人だしさ」

「来い」

「明人、邦衛くんのそばにいてあげなさい」

別れの酒を飲みすぎて真っ赤になっている沙智子《さちこ》の言葉で、明人は室生家に残ることにした。

風流な川が流れている日本庭園も絶景だが、素晴らしい調度品や美術品がさりげなく置かれている内部も見事としか言いようがない。部屋の数もあまりにも多くて何部屋あるかわからない。まさに、時代劇に出てくるお殿様のお屋敷だ。維持費だけで莫大《ばくだい》な金がかかるが、室生家に不況の波は関係ない。

「サナトリウムのほうにも礼を入れておいてくれ」

「はい」

当主である清衛《きよえ》もお殿様そのもの、上座でふんぞりかえっているだけで、周りがあれやこれやで動き回っている。

「お茶です」

「ありがとう」

紀香《のりか》も甲斐甲斐《かいがい》しく清衛のために動き回っていた。邦衛と明人の前にもお茶が出される。

「ママ〜っ」

「ママ、見てーっ」

縁側で紀香の幼い息子たちが手招きしていた。二人とも、清衛にはまったく似ていない。紀香の血のほうが濃いようだ。

「はい、ちょっと待ってね」

「ママ〜っ、来て」

「申し訳ございません。失礼しますね」

紀香は清衛と邦衛に断ってから、縁側でじゃれ合っている息子たちのほうへ向かった。

ああいう姿を見ていると、祥子《しょうこ》を追い詰めた女という認識が薄れる。どこからどう見ても優しくて綺麗《きれい》な母親だ。これが、沙智子の言っていた『要領のいい女』の所以《ゆえん》か。

「邦衛、四十九日《しじゅうくにち》は戻るように」

清衛はお茶を一口飲んだ後、邦衛に言葉を向けた。

「はい」

「今夜ぐらい泊まっていきなさい」

「はい」

父親の貫禄《かんろく》か、第十七代当主の貫禄か、清衛には有無を言わさぬ迫力があった。さすがの邦衛も反論しない。

　清衛は邦衛の隣でちんまりと座っている明人に視線を流した。

「明人くんも泊まっていきなさい」

「はい」

「邦衛と仲良くしてくれてありがとう」

　清衛の口から邦衛の父親らしい言葉が出る。明人はペコリと頭を下げた。

「いえ、こちらこそ」

「祥子のことでは君のお母さんにも世話になった。感謝していると伝えておいてくれ」

「はい」

　清衛との会話はこれだけ、邦衛はいっさい口を挟まず、無言で聞いていた。

　明人は自分の父親と清衛を比べてしまう。一介のサラリーマンと資産家、すぐに比べること自体間違っていると気づいて苦笑を漏らしたが。

　母屋《おもや》から渡り廊下を進むと邦衛の自室となっている離れがあった。離れには風呂《ふろ》もトイレも洗面所も台所もあって、ここですべての用が足りる。祥子が去り、清衛と紀香が母屋で夫婦の真似事《まねごと》をしている時、邦衛は一人でこの離れにいた。そう思うと胸がチクリと痛む。

　邦衛の自室に入った時、緊張が解けたのか明人は畳の上にへたり込んだ。奥の部屋には布団《ふとん》が敷かれているが、そこまで行く気力がない。

「明人？」

「疲れた」

「僕もだ」

　横たわったままネクタイを外していると、邦衛の手が伸びてきた。ネクタイが抜き取られ、シャツのボタンも上から順に外されていく。パジャマに着替えさせている、という雰囲気ではなかった。

「邦衛？」

「…………」

　思いつめたような顔の邦衛が覆いかぶさってきた。見た目よりも逞《たくま》しい身体《からだ》は布越しでもはっきりとわかる。体温がやたらと高い。

「お前、祥子おばさんに優しくしなかったこと、後悔しているんだろ？」

「…………」

　邦衛は甘えるように首筋に顔を埋《うず》めてくる。いや、顔を見られたくないのかもしれない。この行動で邦衛の心のうちがわかった。

　邦衛は祥子に対して今までの言動を詫《わ》びている。

　明人も悔やんでいた。

「俺も後悔してる。お前をもっと祥子おばさんのところに連れていけばよかったって」

「…………」

「長くはないって聞いていたけど、本当にこんなに早く逝《い》ってしまうなんて思っていなかった」

　自分が健康で日々を忙しく過ごしていると、そういったことには鈍感になる。どういう根拠かわからないが、自分だけでなく周囲の人間も死とは無縁のものだと思い込んでいるのだ。沙智子ですら、祥子の死には衝撃を受けていた。誰よりも祥子の病状に詳しかったはずなのに。

　邦衛は顔を埋《うず》めたまま、ピクリとも動かないし、一言も返さない。

　自分に言い聞かせるように邦衛を慰めた。

「最後に一目会えて、よかったな」

「…………」

「見舞いに行ってよかったな」

「…………」

「祥子おばさんに『お前を頼む』って言われたよ」

「…………」

「祥子おばさん、お前を捨てたわけじゃない」

邦衛の髪の毛を撫《な》でながら言うと、やっと言葉が返った。

「わかってる」

「わかってるなら、どうして？」

「僕が止めたのに家を出た。許せなかったんだ」

あの頃、邦衛はまだ思春期の少年、父親への思慕もあった。表立って波風を立てたことのない両親の別居に揺れ動いても仕方がない。

そこで、明人は邦衛の筋金入りのお殿様体質を思い出した。

邦衛もまた父親に勝るとも劣らないエゴイストだ。自分の意思を無視した母親が許せなかったのかもしれない。

『僕に逆らうな』と、邦衛に一喝されたことがある。

無償の愛を注いでくれていた母親が自分に逆らった。

それも確執の要因だったのか。

逆らったら終わり、なんて冗談じゃない。

でも、お殿様とはそういうものなのかもしれない。

「祥子おばさん、あの紀香さんと同じ屋根の下で暮らすなんて地獄じゃないか？」

「あんな女、無視していればいいんだ。すぐに飽きられたんだから」

「紀香さん、今でもいるじゃないか」

紀香自身、室生家の女主人として振る舞っているし、使用人たちもそのように仕えていた。清衛も紀香を妻として扱っている。祥子に可愛《かわい》がられた明人にしてみれば、いたたまれないことこの上ない。沙智子の紀香への罵倒《ばとう》も聞いているだけになおさらだ。

しかし、邦衛は鼻で笑った。

「オヤジはあんな女には飽きているさ」

「え……？」

「あの女にはとっくに飽きてる。オフクロがあのままここに残っていたら、あの女は諦《あきら》めて自分から出ていった」

誰よりも清衛の血を色濃く受け継いでいる邦衛は断言した。

紀香がいても、清衛の女道楽は続いている。愛人の数も増えているし、非嫡出の子供も増え続けている。紀香で満足していないということなのか。

だが、仲のよい二人に思えた。

二人の間に生まれた天真爛漫《てんしんらんまん》な子供たちも固い絆《きずな》の一つに見える。

「そうは見えなかったけど」

「オフクロがいなくなったからここに置いているだけだ」

「清衛さんの再婚相手は紀香さんだってみんな言ってるぞ。祥子おばさんのお兄さんや弟さんも、それはもう仕方がないって」

紀香には明日にでも婚姻届を提出しそうな勢いがあった。無理もない、虎視眈々《こしたんたん》と狙《ねら》っていた正妻の座だ。これで二人の息子も正式に室生の者として認められると勢い込んでいる。

室生家の顧問弁護士はお家騒動を予想して青くなっていた。

祥子側の親戚《しんせき》は清衛の再婚に異議を唱えない。しかし、跡取り息子が邦衛でなくなったら文句をつける。そのための政略結婚だ。

「オヤジ、再婚はしない」

「オヤジさん、そんなことを言ったのか？」

「聞いてはいないけど、再婚は絶対にしない」

オヤジが妻として隣に置くのはオフクロだけだ、と邦衛は呟《つぶや》くように言った。

それがもし真実となったならば、祥子も少しは報われる。女道楽の激しい清衛が妻として処したのは、自分ただ一人だと。

「祥子おばさんのことだから、再婚してもいいわよってあの世で言ってるかも」

「かもな」

「清衛おじさんの女遊びはひどい」

「でも、オフクロは大事にしていた」

「それでも、ムカつくもんだぜ」

清衛と祥子が自分たちの関係のように思えてきて、明人はピシャリと撥《は》ねつける。すると、邦衛はガラリと話題を変えた。

「人はいつか死ぬんだな」

「そうだよ」

「永遠はないか」

邦衛は明人に永遠のつき合いを求めていた。

それは明人も知っている。

「まあな」

「僕は誰よりも明人が好きだ」

母の死に直面した邦衛は、何か思うところがあったのかもしれない。いつもとはトーンの違う常套句《じょうとうく》が出た。

祥子の死で明人も思うところがある。

ゆえに、素直な心情を吐露した。

「俺もだ」

「僕は君が誰かと喋《しゃべ》っているだけで腹が立つ」

その気持ちは明人も同じ、邦衛が誰かに微笑《ほほえ》んでいるだけで心が痛む。諦《あきら》めていても、心の中まで笑っていられない。

「俺もだよ。お前が誰かと喋《しゃべ》っているだけで腹が立つ」

「僕はいいんだ。僕は誰よりも君が好きなんだから」

「あのな……」

「昔からずっと君が好きだった」

「俺を愛人にしてくれるって言ったもんな」

「男同士は結婚できないから」

「ああ、性転換しても籍には入れられない」

性転換後・室生家入りの話は、沙智子から何度も聞かされた。父親がリストラされたら問答無用で生活費のために性転換だとも。

あの母親のことだから本気かもしれない。

「性転換なんかしなくていい」

「いくらお前の頼みでもそれだけはごめんだ」

「僕は君を抱きたい」

首筋に埋《うず》められていた怜悧《れいり》な美貌《びぼう》が目前に迫る。真摯《しんし》な瞳《ひとみ》に貫かれた明人はあっさりと了承した。

「いいぜ」

「いいんだな？」

「ああ」

明人は両腕を邦衛の背中に回した。

拒む気は毛頭ない。

それなのに、邦衛はまだ迷っている。辛《つら》そうな表情を浮かべながら、腹の底から絞りだしたような声で想像している未来を漏らした。

「でも、僕と君がそうなったら、きっといつか別れてしまう。それだけはいやだ」

「自分が飽きっぽいからって人のことまで飽き性にするな」

明人は想《おも》いの深さを伝えるため、逞《たくま》しい邦衛の背中を思いきり抱き締めた。瞬間、邦衛の身体《からだ》に緊張が走る。それから、邦衛の目が切なそうに細められた。

「僕、君とは一生つき合いたい。だから絶対に離れないように、このままの関係がいいと思っていた」

「ああ」

「でも、いつかは死んでしまう。僕のほうが先に死んでしまうかもしれない」

病気ではなく交通事故であっさりと逝《い》ってしまうことだってある。金の力で不慮の事故を撤回させることはできない。

「お前なんて女に刺されて殺されそうだな」

「僕が死んだ後、誰かが明人に近づくのは許せない」

「そんなところまで考えていたのか」

「全部、僕のものにしてしまったほうがいいかも」

薄い邦衛の唇が近づいてきた。

触れるだけの優しいキスが落ちる。

「でも、飽きられたら……」

邦衛の瞳《ひとみ》が揺れた。

「俺は飽きない」

「オフクロはオヤジを捨てた」

その事実は邦衛の中に深く刻まれているようだ。無茶苦茶さは繊細さの裏返しなのかもしれない。

「お前が浮気しないなら何があっても捨てない」

「…………」

「俺が好きなら俺だけにしてくれ」

「…………」

冷たく整った顔立ちに陰りはないが、苦悩しているのははっきりとわかった。側室を何人も持った祖先の血が邦衛の身体《からだ》には脈々と受け継がれているのだ。

「無理そうだな」

「ん……」

「俺だけにできないか？」

嘘《うそ》でもいいから、できると言え。

明人は真剣な目で戸惑っている男を貫いた。

「君一人を愛して、君に捨てられたら、僕はどうしたらいい？」

「だから、お前が浮気しなかったら、俺は絶対にお前を捨てない」

「君はモテる」

「そうでもない」

「バレンタインにチョコ貰《もら》ってた」

「お前のほうがたくさん貰ってた」

「僕はいいんだ」

「…………」

「昔だったら僕が主人、君は全部僕のものだった。絶対に僕から離れなかったのに」

やはり、この手の話になるといつものようにループする。

邦衛が自分に永遠を求めるあまり、先に進めなくなることもよくわかった。

自分も邦衛もいつかは死ぬ。

もしかしたら、明日、あっけなく死んでしまうかもしれない。邦衛など、女に刺し殺される危険性が高い。男にだったら嬲《なぶ》り殺《ころ》されるかもしれない。

ならば、どうして躊躇《ためら》う必要がある。

お互いの気持ちははっきりとしているのに。

自分が踏みだささないと元の木阿弥《もくあみ》、と明人は決心した。

「邦衛、もう深く考えるな」

「え……？」

身体《からだ》を反転させて、明人は邦衛の上に体重を載せた。

「俺も男なんだよ」

「知ってる」

上から見る邦衛は、どういうわけかとても可愛《かわい》く見える。切れ長の双眸《そうぼう》のきつさも威力はなかった。

愛《いと》しい、という感情が心の底から湧《わ》き上《あ》がってくる。

「先の先のことまであんまり考えるな」

邦衛の唇にキスを一つ落とす。それから、ネクタイを引き抜き、シャツのボタンを外していった。

「明人？」

現れた肌に唇を這《は》わせると、邦衛から的外れの言葉が飛んできた。

「騎乗位？」

「…………」

「明人、初めてだろう。無理だよ」

「…………」

「痛いと思う。それで僕をいやになったら困る」

やめよう、と邦衛は上体を起こそうとしたが、明人は押《お》し留《とど》めた。邦衛の身体《からだ》の上から引かない。

馬乗りになった明人は真上から高飛車《たかびしゃ》に尋ねた。

「お前、痛い思いをしたことがあるのか？」

「ない」

「じゃ、どうしてそんなこと知ってるんだ？」

「ホモ歴三十八年の人に聞いたんだ」

「ホモ歴三十八年？　そんな男ともつき合っていたのか？　オヤジじゃねぇか」

「一晩だけ」

「叩《たた》けば叩くほど埃《ほこり》が出る男だな」

一晩の相手を含めたら、いったいどれだけの者が邦衛と肌を合わせたのだろう。羅列したら学生名簿以上の分厚い冊子になるかもしれない。

「僕はそんな不潔な男じゃない」

「そっちの意味じゃない」

「ん？」

「ああ、だからさ、俺も男なんだよ」

　明人は苦笑を漏らしながら、邦衛の肌に紅《あか》い跡を残した。この痕跡《こんせき》があると邦衛が自分のものであるような気がしてくる。やたらと嬉《うれ》しくなっていろいろなところに吸いついた。しかし、アダルトビデオの中の女優のような反応は返ってこない。ここら辺で掠《かす》れた吐息の一つも聞いてみたいというのに。

「明人、騎乗位はやめよう」

「お前、やっぱ、俺の性別を忘れてる」

「え？」

「お前、不感症か？」

　胸の突起を指で摘《つま》んだ時、邦衛のやけに淡々とした声が響いてきた。

「まさか、僕が女の子の役？」

「そっちのほうが上手《うま》くいきそうじゃん」

　己の置かれている立場を確認した邦衛は低く唸《うな》った。反対になるなど、夢にも思っていなかったのだろう。

だが、慌てたりしない。

「女役と男役、どっちが相手のこと、好きだと思う？」

「男相手に勃《た》たせる男役のほうが相手を好きだと思う。俺のほうがお前を好きだからこっちな」

「…………」

「初めてなんで自信ないんだけど任せてくれ」

「…………」

「大丈夫、優しくするから」

「…………」

邦衛の黒いズボンのベルトを引き抜き、ジッパーを下ろす。その音がやけに耳についた。焦《あせ》っているのか、上手《うま》く服を脱がせられない。

「腰、浮かせてくれないか？」

邦衛の腰ではなく、口が動いた。

「女役のほうが大変じゃないか？」

「そうか？」

「女役のほうが相手を好きじゃなきゃできないと思う」

どちらがより深い愛の証明になるか、邦衛は結論を出した。明人から大きな愛を求めている邦衛は身体《からだ》を引く。

あまりにも素早かったので止めることができなかった。

「逃げるな」

「女役は君だ」

選手交代とばかりに、邦衛が伸《の》しかかってくる。明人にしてみればどちらでも構わない。ただ、今までのような悶々《もんもん》とした関係を続行するのはいやだった。

「どっちでもいいけどさ」

「君のほうが綺麗《きれい》だし」

「あ？」

「綺麗なほうが女役」

「できるのか？」

「僕はずっと君を抱きたかった」

腕を回して、邦衛の身体《からだ》を抱き締めた。

「じゃ、しよう」

「…………」

「邦衛？」

「僕のことがいやになるかも」

愛《いと》しいはずの男を蹴《け》り飛《と》ばしたくなったがぐっと堪《こら》える。勇猛果敢にも女役に挑もうとしているのに、蹴り技を繰りだしてはいけない。

「またそれかよ。お前、下手なのか？」

「え？」

「下手だからそんなに迷っているのか？」

歴代の彼女たちからそういったことは一言も聞いていない。イケメン・ハンターを名乗っている性に開放的な女性には絶賛されていた。それでも、ここまで躊躇《ためら》われると疑ってしまう。

「僕は上手《うま》いはずだ」

淡々と答えた邦衛には場数を踏んだ男の余裕があった。

非常にムカつくが今更だ。

「そうか、じゃ、そんなに悩むな」

「どうして僕の気持ちがわからない。僕は一生君と離れたくないんだ。そのためにはどうしたらいいか、ずっと悩み続けているんだ」

「一生ね」

「君、一生独身」

「わかってるよ」

「君、一生童貞」

　それを改めて言われるとげんなりしてしまう。

「俺、可哀相《かわいそう》じゃないか？」

「どうして？」

「あ〜っ、もうさ、お前がヤらせてくれないと俺は一生童貞なんだろ。可哀相じゃん。お前が女役な」

　力に任せて、邦衛を組み敷いた。

「女役は君だ」

　視界が回ったと思ったら、あっという間に再び邦衛の下になっていた。

「じゃ、そっちでいいからしよう」

「…………」

「まだウダウダ悩んでいるのか？　ヤれっ」

　GOサインをはっきりと提示しているのに肝心の男は動かない。焦《じ》れるなんてものではなかった。

「…………」

「早くヤれっ」

　思い余った明人は、怜悧《れいり》な美貌《びぼう》に手を上げてしまう。ピシャリ、という音が部屋中に響き渡った。

「…………」

「ヤらなかったら俺がヤるぞっ」

「それは駄目」

「じゃ、早くヤれよっ」

「僕、君を抱きたい。でも、離れてしまうなら抱けなくてもいい。そばにいてくれるだけでいいんだ」

二人の会話はループする。

今までの関係から踏みだしたい明人と、永遠を求めるあまり踏みだせない邦衛。

解決の糸口はまったく見つからなかった。

「俺、明日にも死んでしまうかもしれないんだぞっ」

「そうしたら、君は永遠に僕のものだ」

その場面を脳裏に浮かべているのか、邦衛は陶酔しきっている。

「勝手に殺さないでくれ」

「でも、僕が先に死んだら君はほかの奴のものになってしまう」

「な、もうヤろう。ヤっとこう。ヤっといたほうが楽かもしれない」

明人は身体《からだ》の上にいる男を柔道の寝技でひっくり返して押さえ込んだ。

しかし、邦衛に明人の切羽詰《せっぱつ》まった想《おも》いは通じていない。寝技には寝技で応酬、リーチの長い邦衛にあっさりと体勢をひっくり返されてしまった。

「君、なんかやけっぱちになってる」

「やけっぱちにもなるさ」

「僕、やけっぱちになった君を抱くのはいやだ」

「この状況で贅沢《ぜいたく》言うなーっ」

明人は渾身《こんしん》の力を込めた右ストレートを邦衛の頬《ほお》に決めた。

「うっ……」

「ヤるぞっ」

「君、無茶苦茶だ」

「お前にだけは言われたくないっ」

愛しているからではなく、愛しすぎているから、前に進めない。邦衛の言い分はわかるようでわからない。でも、わからないようでわかる気がする。

二人の関係に身体《からだ》が入ったら、邦衛に飽きられてしまうかもしれない。その不安は明人のほうが大きい。

それでも一歩なりとも進みたかった。

明日、自分の命が途切れてしまうかもしれないから。

ループ地獄は朝まで続いた。


冬の到来を感じさせる肌寒い朝だった。

「おはようございます。朝食をお持ちしました。開けてよろしいですか？」

「どうぞ」

障子《しょうじ》を開くと、素人目《しろうとめ》にもその価値がわかる手描《てが》きの加賀友禅《かがゆうぜん》を無理なく着こなしている紀香《のりか》がいた。その後ろには朝食の膳《ぜん》を持った中年の家政婦が控えている。

「…………」

二人の姿を見た紀香と家政婦は言葉を失っていた。

邦衛《くにえ》も明人《あきと》も髪の毛はボサボサ、目は充血、乱れた着衣は昨日のもの、邦衛のシャツは部屋の片隅で雑巾《ぞうきん》となっている。おまけに、邦衛の肩と脇腹《わきばら》には明人の歯型がくっきりと残っていたし、額と頬《ほお》には殴打《おうだ》の跡があった。腹部は鬱血《うっけつ》している。

襖《ふすま》には大きな穴がいくつも空いているし、床の間に飾ってあった高価な掛け軸はビリビリ、花瓶は割れていた。百科事典が収められていた本棚は転倒しているし、畳の上には血が飛び散っている。

邦衛と明人、愛し合っている二人にはどうやっても見えないだろう。どう贔屓目《ひいきめ》に見ても死闘を繰り広げた二人だ。

「おはようございます」

邦衛は切れた唇の端を押さえながら、紀香と家政婦に朝の挨拶《あいさつ》をする。明人は腫《は》れた目を家政婦に向けた。

「おはようございます。食事はそこに置いておいてください」

「あの……」

「俺がしますから大丈夫です。そこに置いてください」

明人は家政婦の給仕が必要なお殿様ではない。お茶ぐらい、自分で淹《い》れる。邦衛の分まで淹れてやろう。

「お茶はこちら、ごはんのお代わりはこちらでございます」

「はい」

「ご用がありましたらなんなりとお申しつけください」

「ありがとう」

「失礼いたします」

紀香も家政婦も何も問わずに出ていった。邦衛は母を亡《な》くしたばかり、藪《やぶ》から蛇を察知したのかもしれない。賢明な態度だ。

「食おうか」

「………」

白いごはんにワカメと豆腐《とうふ》の味噌汁《みそしる》、出し巻き玉子に焼き魚、三種類の漬物に焼き海苔《のり》、典型的な和朝食のメニューに、邦衛は箸《はし》を持ったまま固まっている。明人は味噌汁の椀《わん》に手を伸ばしながら釘《くぎ》を刺した。

「ピザが食いたいなんて言うなよ」

「宅配の時間じゃないか」

「美味《うま》そうだ、食え」

「僕は毎食につき一枚のピザを食べないと気がすまない」

「帰ってから食え」

「いただきます」

「おう」

とうとう、二人は一睡もせずに朝食を食べ、室生《むろお》家を後にした。邦衛の顔に残る殴打《おうだ》の跡について、誰も問わなかった。顔見知りの室生家お抱えの運転手も何も言わない。

「ここでいいよ、ありがとう」

太陽が黄色い。

空も白く見える。

疲れ果てていて何もする気力が出ない。

隣にいる男もずっと黙ったまま、視線を合わせようともしなかった。それでもぴったりと張りついている。明人が二階にある自室に進むと、邦衛も無言でついてきた。

本日は自主休講、眠くて大学どころではない。

明人は上着を脱ぐと、ベッドの上に横たわった。邦衛も当然のように明人の隣へ。

シングルベッドなので大の男二人が寝るには狭い。おまけに、二人とも長身なので窮屈なことこの上なかった。でも、明人はベッドの半分を邦衛に譲っている。

「邦衛」

「ん？」

「せめて、キスぐらいしとこう」

「うん」

そうすることが自然のように、二人の唇が重なった。どちらからともなく、お互いがお互いの舌を絡《から》ませる。

唇が離れた後は身体《からだ》を寄せ合った。

それから、深い眠りについた。

「明人《あきと》、明人……」

どこかで誰かが呼んでいる。

「明人、いいかげん起きて」

俺はまだ眠い。

「いつまで寝ているんだ？　もう夜だよ」

眠いんだよ。

「食事にしよう」

唇に柔らかいものが押しつけられた。

このぬくもりと甘さは知っている。

「あ……」

「やっと目を覚ました」

キスで目を覚ました明人は眠れる森の美女ではない。再び、眠りの国に旅立とうとした。

「俺、まだ眠い」

「一緒に食事をしよう」

「一人で食えよ」

「いやだ」

邦衛《くにえ》は一人で食事をするのが嫌いだ。離れで一人で食事をしていた日々が棘《とげ》となって刺さっているのだ。

「わかったよ」

室生《むろお》家で和食ばかり食べ続けていたせいか、今ならピザを食べられそうだ。どういうわけか、チーズが無性に食べたくなっていた。ほとほと嫌気がさしていたというのに。

リビングルームに行くと、テーブルの上にスーパーで買ったと思われるたくあんが何本も載っていた。それ以外、何もない。

「これはなんだ？」

「たくあん」

「それはわかっている。どうして……って、もしかして、たくあんにハマったのか？」

今までの経験上からして、それ以外にありえない。

すると、邦衛は照れくさそうに答えた。

「たくあんって美味《おい》しいね」

「た、たくあん……」

「切って」

邦衛に指された先にはスーパーで買ったままの姿のたくあんがあった。邦衛が包丁を持つことはない。

「ピザからたくあんか……」

「たくあんって不思議な味がする」

「そうか？　ピザは？」

「ピザはもういい」

「たくあんか……もしかして、今日の朝ごはんでたくあんにハマったのか？」

邦衛は顔色一つ変えず、黙々と朝食を平らげた。あの時、たくあんに目覚めていたなんてまったく気づかなかった。

「たくあんは絶品だった」

「そ、そうか？　俺は出し巻き玉子とか鮭《しゃけ》の切り身のほうが美味《うま》かったな。味噌汁《みそしる》も美味かった」

「一緒にたくあんを食べよう」

「もうちょっとマシなものにハマってくれればいいのに」

これから毎食たくあんだ。倹約生活が実行できると喜べない。

「早く、切って」

「わかったよ」

たくあんを切って大きな皿に盛る。それから二人分のお茶碗《ちゃわん》を食器棚の中から出した。でも、炊飯器の中は空っぽだ。

邦衛はごはんを炊いたことなど一度もない。炊飯器に手を触れたことすらなかった。

「邦衛、ごはんが炊けるまで待て」

「早く座って。食事にしよう」

「は？　ごはんがないと食えないだろう」

「どうして？　たくあんを食べよう」

大きな皿の上に盛られたたくあんを前にした邦衛は、とても幸せそうだった。

「お前、たくあんにハマったんだよな」

「うん」

「たくあんだけにハマったのか？」

「うん？」

「たくあんは白いごはんで食べるもんだぞ」

「たくあんを食べよう。白いごはんはいい」

「待て」

「ん？」

「お前はたくあんにハマった。つまり、たくあんだけしか食わないつもりか？」

「たくあん、美味《おい》しいから。さ、食べよう」

邦衛は手を合わせてから、たくあんを口にした。ポリポリポリポリ、という微妙にマヌケな音が響き渡る。

ピザならばまだ絵になった。しかし、たくあんと怜悧《れいり》な美貌《びぼう》がマッチしない。いや、問題はそういうことではないのだ。

「邦衛……」

「ん？」

ポリポリポリポリポリ……と、たくあんを咀嚼《そしやく》する音が耳にやたらと痛い。

にっこりと笑った邦衛にたくあんを指しだされ、齧《かじ》りついた。ポリポリを三回ほどした後、ゴクリと飲み込む。

「美味しいだろ」

「ピザのほうが何倍もマシだった。いくらなんでもたくあんだけじゃ、身体《からだ》に悪い。ほかのもなんか食え」

「たくさん食べるから大丈夫」

「たくあんで腹を膨らますつもりか？　やめろっ」

「美味しい」

「邦衛、女に刺し殺される前に栄養不良で死ぬぞっ」

明人は冷蔵庫の中を覗《のぞ》いた。

たくあんの大群がいる。

それも、いろいろなメーカーのたくあんがあった。黄色いたくあんも白いたくあんもある。

ほか、マヨネーズと福神漬《ふくじんづ》けとらっきょうとマーガリンしかない。たくあん以外でもう一品、福神漬けとらっきょうをマヨネーズで和《あ》えるか、福神漬けとらっきょうをマーガリンで炒《いた》めるか、どちらにするか悩むところだ。いや、ゲテもの食い大会を開催しようとしているわけではないので悩まなくてもいい。

「そういや、買い物に行っていなかったんだよな」

冷凍庫のほうにはつい先日までのハマリもののピザしかない。その中には手作りと思われるピザにラップがかけられていた。

桂子《けいこ》も美里《みさと》も果歩《かほ》もピザを作りにこの家にやってきた。

誰かが作ったものだろう。

そして置いていったのだ。

明人はピザをオーブンレンジに入れて、セットした。あとは焼き上がるのを待つばかり。背後からはたくあんを食べる規則正しい音が聞こえてくる。

「邦衛、お茶ぐらい飲んだらどうだ？」

「ん？」

お茶も飲まずにたくあんだけを食べ続ける邦衛に、明人は顔を歪《ゆが》めてしまう。

「お茶ぐらい飲もう」

「明人も一緒に食べよう」

邦衛にたくあんを差しだされ、明人は口を開けた。

五臓にたくあんの味が染《し》み渡《わた》る。

「たくあんはごはんと一緒に食べるもんだ」

「たくあんの味が消えるからいやだ」

「消えない」

「消える」

「消えねえよ」

「たくあんはお茶と一緒に出されるんだよ」

「は？」

コーヒーと洋菓子、紅茶と茶菓子、日本茶と和菓子、これが今の来客に対するもてなしの代表だが、地方ではお茶と漬物を出すところもあるそうだ。邦衛は嬉々《きき》としてハマリものについて語っている。

たくあんの蘊蓄《うんちく》、真実かどうかはわからない。でも、そんなの、どうだっていい。今までの経験上、邦衛の毎食たくあんの日々を止めることはできないだろう。ただ、今回ばかりは、たくあん以外のものも食べてほしい。

チン、とオーブンレンジの音が鳴った。プレートの上に熱いピザを載せる。

「ピザも食べよう」

「ピザはもう飽きた」

邦衛はあれほど夢中だったピザに見向きもしない。

「じゃ、やきそばにするか？　カップやきそばならあるぞ」

「やきそばもいやだ」

「頼む、たくあん以外も何か食え」

「たくあん、美味《おい》しいから」

大皿に盛っていたたくあんの山は富士山《ふじさん》から関東平野になっている。このままだと、たくあん五本、一人で平らげることになる。

「お前、桂子さんとも美里さんとも果歩ちゃんともピザを作ってもらう約束をしていたんだよな」

「桂子と美里と果歩って誰？」

「みんな、お前の彼女だった」

「そう？」

「誰が作ったものかわからないけど、お前の彼女がお前のために作ったピザだ。一口でもいいから食え」

明人に食べ物の好き嫌いはないが、一つだけ弱いものがあった。シナモンがどうしても苦手なのだ。

邦衛や立良《たつよし》と一緒に雅紀《まさき》の自宅に行った時、母親から手作りのシナモンロールを出されて、困惑したことがある。なんでも、シナモンロールは雅紀の母親の得意料理だというのだ。息子の友人たちのためにわざわざ作ったと聞けば、人として食べないわけにはいかない。当時、シシカバブにハマっていた邦衛さえ、黙って雅紀の母親お手製シナモンロールを食べた。

明人は『お前のために作ったピザ』を強調する。

「たくあんがあるからいい」

「お前のためにわざわざ作ったピザだぞ」

「いらない」

「いらないじゃない。人として一口ぐらい食え」

人としての情に訴えたが無駄だった。

「いい」

「お前……」

あっという間に、大皿に盛っていた五本分のたくあんはすべて邦衛の胃袋の中に収まってしまった。

「たくあん、もう三本ほど切って」

「たくあん以外のものが切りたい」

「指を切っちゃ駄目だよ」

「お前との縁を切りたくなった」

一瞬にして、その場が南極となった。ツンドラ・ブリザードを発生させているのは邦衛だ。

「明人、冗談でもそういうことは言うな」

「ごめん」

明人は邦衛のためにたくあんを切った。そして、待《ま》ち侘《わ》びている邦衛の前に置いた。

「一緒にたくあんを食べよう」

「俺、このピザを片づける」

桂子さん、果歩ちゃん、美里ちゃん、誰かわからないけどごめん。俺が代わりに食う。果歩ちゃんだったらいいな、今頃雅紀と上手《うま》くやっているはずだから。

トマトにサラミにマッシュルームにブラックオリーブ、明人はスタンダードなトッピングが載ったピザを口に入れた。

「ん……？」

「明人、どうしたんだ？」

「こういう味なのかな？」

「不味《まず》いの？」

「熱いからよくわからない……んっ？」

明人は流し台に走った。

そして、すべてを吐きだした。

「明人？　明人？」

「ん……う……」

「明人？」

気持ち悪い。

苦しい。

目が回る。

胃が爛《ただ》れる。

明人は邦衛に縋《すが》った。

「明人？　しっかりしろっ」

「ん……きゅ……救……急車……」

救急車を呼んでくれ、と言いたいのに声が出ない。

「明人？」

「一……一〇番」

「一一〇番？　警察？」

救急車を呼ぶ番号が出てこない。

「じゃ……ない、一……一九」

「明人ーっ」

邦衛の声が遠くで聞こえた。


白い病室で明人《あきと》は目を覚ました。あの浮き世離れした邦衛《くにえ》にも救急車を呼ぶ知識はちゃんとあったようだ。

明人の右手は邦衛の大きな手に握られている。その気持ちが嬉《うれ》しいと思ったのは弱っているせいではないだろう。

「邦衛？」

呼びかけても、邦衛は人形のように固まったまま、ピクリとも動かない。

「………」

「邦衛？」

「よかった」

やっと出た邦衛の声は掠《かす》れている。しかし、明人の手を握っていた力は一段と強くなった。明人も強く握り返したいが力が入らない。

「ああ」

「よかった」

「ああ」

「よかった。よかった」

ハマリものの蘊蓄《うんちく》の時のようなトークが飛びださない。邦衛は何度も『よかった』だけを繰り返した。昏睡《こんすい》状態の明人によほど肝《きも》を冷やしたに違いない。

たまにはお前も慌ててみろ、なんて思ってしまった自分はだいぶおかしくなっている。

明人は自分で自分を叱咤《しった》した。

「救急車、呼んでくれたんだな」

「うん」

「ずっとついていてくれたのか？」

「うん」

「綺麗《きれい》な看護婦さんを口説いていたのか?」

「そんなことはしていない」

邦衛は明人のそばにずっとついていた。呆《あき》れるほど嘘《うそ》をつかない邦衛なのであっさりと信じられる。

「ありがとう」

「うん」

「今日、何日?」

「君は丸一日、意識が戻らなかった」

「ここ、個室?」

祥子《しようこ》が入院していた個室とは趣がまったく違っていた。こちらはナース・ステーションと隣接している。ガラスの向こう側では二人の看護師がカルテを前に話し込んでいた。若いほうの看護師が意識を取り戻した明人に気づいたようだ。

「ICU」

「そんなごたいそうな部屋に入っているのか」

「当然だ」

原因ははっきりとしている。

あの手作りのピザだ。

「あのピザ、古かったのか？」

「違う」

「彼女、料理が下手だったのか？」

明人は人が殺せる料理を作った経験がある。あまりの不味《まず》さに悶《もだ》え苦しんだ。以来、恐ろしくて簡単な調理しかしない。どんなに請《こ》われても、邦衛にピザを作ってやらなかった。

「明人も僕と一緒にたくあんを食べればよかったのに」

「は？」

「たくあんを食べていればこんなことにはならなかったんだ」

「俺はたくあんだけで生きていけない」

「これからは僕と一緒にたくあんを食べるんだ」

「つまり、あのピザを食わなければよかったんだ。それだけだろう」

「僕に逆らうからだ」

「お殿様、ちょっと黙れ」

ナース・ステーションに続くドアが開くと、恰幅《かっぷく》のよい初老の医者が入ってきた。

「私が主治医の新藤《しんどう》です」

「お世話になりました」

「気分は？」

「爽快《そうかい》とまではいきませんが大丈夫です」

険しい顔つきの医者から砒素《ひそ》入りのピザを食べたことを告げられる。すべてを一気に吐きだしたので助かったのだとも言われた。そうでなかったら危なかったらしい。

予想だにしていなかった事実に驚愕《きょうがく》した。

まず、果歩ではないだろう。果歩はもう雅紀という新しい男に走っている。

ならば、お嬢様の美里か？

落ち着いていた桂子のほうか？

二人とも、そんな女性には見えなかった。でも、人の腹の底なんてわからない。

砒素入りのピザを食べるのは邦衛のはずだった。

まさか、明人が食べるとは夢にも思っていなかっただろう。

「邦衛が食っていたら死んでたな」

ピザに夢中になっていた邦衛ならば、すべて吐きだしたりしていなかったに違いない。

砒素入りでも青酸カリ入りでも胃の中に収めていた。

「明人？」

「食ったの、俺でよかったよ」

「だから、これからは僕と一緒にたくあんを食べよう」

「それは却下《きやつか》」

ナース・ステーションから一望できるICUは居心地がとても悪い。主治医に頼んで個室に移らせてもらった。大部屋は満室ということだ。それに手を握ったまま離さない邦衛と一緒に大部屋に移る度胸はない。

個室に移ってから十分ほどたった頃、室生《むろお》家の顧問弁護士の榊原《さかきばら》が病室にやってきた。

砒素《ひそ》混入、これは犯罪だ。

「古いピザを食べたってことにしてください」

女性たちが邦衛に砒素入りのピザを食わせたくなる気持ちもわかる。

明人だって、何度邦衛を殴り殺そうと思ったかわからない。あの時、殴り殺しておけばよかった、と悔やんだこともある。

好きだからこそ、許せないのだ。

好きだからこそ、許せる時もあるけれど。

「そういうわけにはいきません」

「邦衛はひどいことをしているんです。俺、このとおり無事ですし、古いピザを食べたことにしてください。なんなら、食い合わせが悪かったとでも」

「明人くん……」

「ピザとたくあん、食い合わせが悪いんですね」

「そんなことは一度も聞いたことがありませんよ」

榊原は呆《あき》れているが、邦衛は他人事《ひとごと》のように黙っている。ただ、邦衛の手は明人の手を握ったまま、放そうとしない。

死んだら僕のもの、なんて邦衛は陶酔していたのに。

しかし、実際危なくなると肝《きも》を冷やした。

人間、その時になってみなければわからない。

「俺だってこれで後遺症が残っていたら許さない。でも、ぴんぴんしているし、大丈夫ですよ」

「砒素《ひそ》です」

「だから、邦衛がひどいんです。悪いんです。悪気がないから余計にタチが悪いんです。こんなひどい男のために人生を棒に振るなんて気の毒ですよ」

本当は、邦衛に喜んでもらいたくて美味《おい》しいピザを作るつもりだったのだ。でも、邦衛に気持ちを踏みにじられて、ピザに砒素を振りかけた。そうとしか考えられない。ピザに砒素をかけるまで追いつめられたほうが可哀相《かわいそう》だ。

明人は砒素入りのピザを作った女性に同情している。また、自分が原因で他人が犯罪者になるのもいやだ。

すべてを笑い流そうとしている明人に榊原は絶句していた。

「邦衛の無茶苦茶につき合っていると砒素《ひそ》ぐらいで怒りません。いや、砒素ぐらいでブチ切れていたらやっていられません」

邦衛との長いつき合いの中、明人には自他ともに認める根性と忍耐力がついている。

「邦衛くん、清衛《きよえ》さんに似ていますからね。君も大変ですね」

「はい」

「清衛さんにはみんな振り回されます。私もどれだけ振り回されたかわかりません」

室生家のありとあらゆる揉《も》め事《ごと》を引き受けている顧問弁護士は悲痛な顔をしていた。中年太りに無縁なわけがよくわかる。

「そんなこと言って平気なんですか？　清衛さんにクビにされますよ」

「清衛さんはそんなことぐらいで動じない人です」

「それもそうですね」

清衛は常人では測れないほどよくも悪くも大きかった。

「君は静子《しずこ》さんに似ています」

「は？　静子さん？」

「清衛さんの初めての愛人です」

南山《みなみやま》静子、清衛が十代の時に手を出した住み込みの家政婦である。明人が初めて彼女を見た時、すでにいい歳《とし》をしていた中年女性で、女道楽の激しい清衛の愛人には思えなかった。昔も美人とは言いがたい容姿をしていたという。わざわざ大金を出して囲う女性ではない、と陰で密《ひそ》かに囁《ささや》かれてもいた。

でも、清衛からは特別扱いを受けている。今でも最低でも週に一度は彼女のところに必ず泊まっている。それは紀香《のりか》がいても変わらない。

不思議なことに、気の強い沙智子《さちこ》も静子のことは一度も罵《ののし》ったことがなかった。

「ああ……あのおばちゃんっじゃない、あの方ですか」

「確かに、おばちゃんです。おばあちゃんになっていてもおかしくない歳です。静子さんに似てるのは容姿じゃありません」

「はぁ……」

「静子さんは強いというのかおおらかというのか逞《たくま》しいというのか」

「つまり、俺が強くておおらかで逞しいと？」

「いや、そうでもない。度量が広いというのか、諦《あきら》めているというのか」

「はい？」

「口で仕事をしている私が上手《うま》く言えないなんて困りますね。何か、感覚で思うんですよ。君と邦衛くんが静子さんと清衛さんに思えます」

子宮外妊娠で子供が産めない身体《からだ》になり、前夫から離婚を言い渡された静子は、何事にも控えめでおとなしい女性だと聞いていた。己を弁《わきま》え、絶対に出すぎない。祥子《しょうこ》などは『愛人の鑑《かがみ》』だと言っていた。『あの人ならば仕方がない』とも。

祥子が室生家に嫁いでから、一度も本宅の敷居を跨《また》いだことはない。折に触れ、どこかで会っても、必ず祥子を立てていた。

本宅に乗り込んできた紀香とはまったく違う。

そもそも、祥子のいる本宅へ乗り込んできたのは紀香が最初で最後だ。ほかの愛人たちも差はあれど、己の立場を逸脱しない。

「は……？」

「君がそこまで言うのならばすべて表に出ないように手配しましょう。犯人も捜しません。君は古いピザを食べたことにしておきます」

「はい」

「ただ、ここの入院費や治療費は出させていただきます。後遺症が残るかもしれませんが、その責任も取らせていただきます。これは清衛さんの意向です」

「それはお願いします。オフクロ、どれだけ喚《わめ》くかわからないんで。下手をすると学費が止められます」

「昨日、ここで沙智子さんと会ったんですが」

「はい？」

「犬の餌《えさ》を食べても平気だった君が砒素《ひそ》ぐらいで死ぬわけがないと息巻いていましたよ」

おむつをしていた頃、明人は近所の犬の餌を、犬から奪って食べた。犬の餌はドッグフードではなく、残飯《ざんぱん》だった。

沙智子が明人に実践した『野放し健康法』が今日《こんにち》の健康に繋《つな》がっているとは思えないが、繋がったのか。

「子供の時の話です」

「食べては駄目だと釘《くぎ》を刺していた腐りかけのハムを食べた君が、砒素ごときにやられるわけがないとも叫んでいました」

「それは中学生の時かな。クラブから帰ってきて、腹が減って死にそうだったのに食うものが何もなかったんです。その頃、オフクロはカラオケで石川さゆりになりきっていたそうです」

「腐った牛乳を飲んでも平気だった君がこんなことで死んだら医療ミスだ、と医者に凄《すご》んでからお母さんは帰っていきました。豪快な方ですね」

「はぁ」

沙智子の姿を脳裏に思い浮かべたのか、榊原は確認するように尋ねてきた。

「沙智子さん、また太った？」

「はい」

「会う度に太っているのは気のせいじゃありませんね」

「はい、会う度に横に膨張しています」

「昔は細かったんだけどなぁ」

「先生、ボケが始まっています。うちのオフクロは昔からぽっちゃり型でした。それはタヌキオヤジからも聞いています。細かったのは祥子おばさんのほうですよ」

「そうだったかな。二人とも、綺麗《きれい》でしたよ」

一人でも目立つのに二人で並んでいると更に目立ち、気安く声をかけられなかった、と榊原はどこか遠い目をしながら過去を語った。

昔の写真で見る限り、二人とも納得の美女だ。それは明人も認めるところだが、いかんせん沙智子の性格は容姿を裏切りすぎている。ただ、タヌキと罵《のの》られている父は沙智子の中身を知りつつも結婚した。結婚前から一生尻《しり》の下に敷かれることを覚悟していたそうだ。

「うちの闘犬みたいなオフクロ、先生のこと嫌いですからね。噛《か》みつくかもしれませんから注意してください」

「もう何度も紀香さんの手先になったって罵《のの》られましたよ」

沙智子は陰で罵るだけでなく、面と向かっても罵っている。裏表がないといえばよいが、それでは敵も多いはずだ。

だが、それゆえに、祥子といい関係が築けたのだ。恵まれすぎていた祥子はいつも妬《ねた》まれ、裏ではさんざんな罵倒《ばとう》を受けていたし、いつも陰で足を引っ張られていた。人間不信の祥子の沙智子に対する信頼は終生揺らがなかった。

二人は水と油のように違う。

が、違うからこそ上手《うま》くいく。

「知っているんですか」

「ああ」

「私も清衛さんとの離婚を勧めたことがあります」

「紀香さんに頼まれたんでしょう」

「それもあったけど、実は祥子さんが好きだったんです」

うっ、と唸《うな》ったのは明人だけではなかった。邦衛も白髪《しらが》交じりの榊原をまじまじと見つめている。

「祥子さんは私の憧《あこが》れの人だったんですよ。清衛さんと離婚してほしかった。私なら彼女だけを大切にして悲しませたりしない。その自信もありましたしね」

中学生の男の子からお婆ちゃんまでＯＫの邦衛は、自分の守備範囲の広さを思いきり棚に上げ、異生物を見るような目つきで榊原を凝視している。明人はこのような邦衛をいまだかつて見たことがない。

ロマンスグレーを体現している紳士は苦笑を漏らした。

「邦衛くんにとって祥子さんは母親かもしれないけど、私にとっては女性だった。そういう男はほかにもいますよ。祥子さんは誰も相手にしませんでしたけどね」

邦衛くんが生まれてからは邦衛くんしか見ていなかった、と榊原は静かに語った。

祥子がいつも邦衛の母親だったことは明人も知っている。

仏頂面《ぶっちょうづら》の邦衛に、榊原は意味深な笑みを向けながら現在の室生家の状態を告げた。

「清衛さん、本宅を出ましたよ」

明人は驚いたが、邦衛は平然としていた。

「静子さんのところに行ったんですか？」

「よくわかりましたね」

「はい」

「紀香さんから再婚を切りだされた途端、清衛さんは家を出たんです。本宅は紀香さんのものになりましたから、注意してください」

「わかりました」

「清衛さんは再婚しません。静子さんも望んでいないそうです」

「はい」

明人だけが理解できなくて、榊原に尋ねた。

「先生、どういうことですか？　清衛おじさんは本宅で紀香さんと一緒に暮らしていたでしょう？　もう夫婦同然だって」

「紀香さんが母親になってしまったからね。そりゃ、清衛さんの紀香さんへの情も薄れる。清衛さんは、どんな手を使っても自分を手に入れようとする情熱的な紀香さんを気に入っていたんです」

「は……？」

「清衛さんは根っからのお殿様なんです。女性にはいつまでも女性でいてほしい。母親はいらない」

「どういう意味？」

「清衛さんは自分だけを見て、自分だけを愛してくれる人が欲しいんです。どんなに情熱的な愛人も子供を産んだら母になる。それで清衛さんの気持ちは冷めるんでしょう。紀香さんにも母親になった時点で冷めています。でも、子供のいない静子さんは今も昔も変わらず、清衛さんだけですからね。清衛さんは何があっても静子さんのところへ戻っていきます」

清衛は、女性が自分の子供を産んで母の顔を見せた途端、相手への気持ちが萎《な》える。自分以外の者、つまり自分より子供に情を注がれるのが面白くないのだ。

いつも自分だけを見ていろ。

いつも自分だけを思っていろ。

いつも自分だけを大事にしろ。

清衛が求めているのはこういうことだ。

邦衛もそういうことを言っていた。

二人とも、エゴイストなんてものではない。

「は……」

「おそばに置いてくれるだけでもいいんです、何も望みません、なんて殊勝なことを言っていても、女性は母となったら強い。したたかにもなります。ロマンチストの清衛さんにはついていけないんです」

「ロマンチストですか、ものは言いようですね」

「信じられないくらいロマンチストです。室生家はそういう家系なんですよ」

邦衛をロマンチストなどと思ったことは一度もない。

「は……」

「明人くんは男の子だから母親になることはないでしょう。邦衛くんといつまでも仲良く」

二人の関係に気づいているのか、榊原はストレートに切り込んできた。

「うっ……」

明人は低く唸《うな》ったが、邦衛は深く頷《うなず》いていた。

「明人が男でよかった」

「く……邦衛……」

ここにも自分の子供であっても愛する者を分かち合うことができない男がいる。永遠の愛を求めるだけでなく、重すぎる愛まで求めていた。

明人はもう溜《た》め息《いき》しか出ない。

「明人くん、男の子でよかったね」

「先生、もう帰ってくれませんか」

意味深な微笑を浮かべている榊原と対峙《たいじ》しているのが少々辛《つら》い。そんな明人の気持ちが通じているのか、榊原は別れの言葉を口にした。

「じゃあ、お大事に」

「ありがとうございました」

明人は盛大な溜め息で榊原を送りだした。それから、邦衛に視線を向けた。

「邦衛……」

「君との子供はいらない」

「まだ子作りなんかしてないだろう……って、どんなにヤったって無理だけどさ」

「君が誰かのものになるのはいやだ。僕の子供でもいやだ」

見据えた。
邦衛の表情は変わらないが明人を見つめる目はやたらと熱い。明人は真正面から邦衛を
「僕だけを見てて」
「は……」

「じゃ、お前も俺だけを見てろ」

その自信がないのか、邦衛から返事がない。だが、明人から視線を外さなかった。三十秒以上、視線だけが交差する。沈黙を破ったのは明人だ。

「邦衛?」

「ん……?」

惚《ほ》れっぽいのは代々受け継いだ病気だから仕方がない。ただ、今までのように忍耐の日々を送るつもりはなかった。

「ま、とりあえずさ」

「うん?」

「俺が元気になったら一度ヤっとこう」

ニヤリと笑いながら軽く言い放った明人に、邦衛は驚いたようで目を大きく見開いている。だが、返事はなかった。

「…………」

「いっそ死ぬなら、一度ぐらいヤってから死にたい」

一晩限りの恋人でも、明人が知らない邦衛を知っている。明人だって、邦衛のすべてを知りたい。

邦衛は少し遠い目をしてから頷《うなず》いた。

「そうだね」

「ああ……」

嫌みなほど整った顔が目前に迫った。

唇に触れるだけの軽いキスが落とされる。

身も心も甘く痺《しび》れた。

「早く元気になってね」

「もう、逃げるなよ」

明人は自分と口づけを交わした薄い唇に触れた。

「逃げた覚えはない」

「お前が逃げたんだろ。こっちのほうが初めてだから戸惑ってるのにさ」

「君はやけっぱちになっていた」

「誰がやけっぱちにさせたんだ」

「僕じゃない」

「お前だ」

ループ開始のゴングが鳴った。

終了のゴングを鳴らしたのは回診にきた医者だった。


一週間後、明人《あきと》が退院するまで、邦衛《くにえ》は片時もそばから離れなかった。明人にとって院内スタッフの目が痛かったのは言うまでもない。

提出しなければならない書類がある、忘れているだろう、そんな内容のメールが雅紀《まさき》と立良《たつよし》から届いていた。

二人とも、長い自主休講の理由は祥子《しょうこ》の死だと思っているが、真実を告げるつもりはない。邦衛にも口止めした。

昼過ぎ、荷物を自宅に置いてから大学に向かう。

書類を提出してから、掲示板の前で休講の有無を確認した。

「講義、受けていくか？」

「明人、大丈夫？」

「今日は帰るか」

校門に向かおうとした時、中庭のベンチで缶ジュースを飲んでいる立良と雅紀を見つけた。久しぶりに会う友人に明人は手を振りながら近づいていく。

「よう」

挨拶《あいさつ》をした明人は二人の顔を見て、言葉を失ってしまった。

雅紀の顔にはいくつもの派手な爪跡《つめあと》がある。本日の目の下のクマは三段、頬《ほお》も心なしか削《そ》げている。

立良など、げっそりと頬がこけている。だいぶ、痩《や》せたようだ。

「この度はごちゅうちょうさま……あ、この度はご愁《しゅう》ちょう……」

この度はご愁傷様《しゅうしょうさま》でした、と雅紀は母を亡《な》くした邦衛に言いたいのだろう。だが、呂《ろ》律《れつ》が回らないで上手《うま》く言えずにいる。

「この度は……ごしょう……ごちゅう……」

立良も雅紀と同じ轍《てつ》を踏んでいる。

明人は二人の友人が言いたかった言葉を、目を丸くしている邦衛に向かって言った。

「この度はご愁傷様でした、と雅紀と立良が言っている」

雅紀と立良は邦衛に向かって頭を下げた。

「ご丁寧に」

邦衛は切れ長の目を細めながら頷《うなず》く。

「二人とも、どうしたんだ？」

　明人の質問に二人とも無言になる。

「おい？」

　二人とも視線を合わせようともしなかった。

　言いたくないことを無理に訊《き》きだそうとは思わないが、この凄絶《せいぜつ》な状態を見たら黙ってはいられない。

「まず、雅紀、その顔はどうしたんだ？　猫でも飼うようになったのか？」

「お前、本気で猫にひっかかれたと思っているのか？」

「彼女お手製？」

「果歩《かほ》があんな性格だとは知らなかった」

　雅紀は眉《まゆ》を顰《ひそ》めながら彼女のことを言った。邦衛にフられた果歩は雅紀と仲良くやっているらしい。明人は楽しくなってしまった。

「果歩ちゃんにひっかかれたのか。どうせ、お前が悪いことをしたんだろう」

「参った」

「でも、続いているんだろう」

「別れられないんだよ」

「え？」

「怖くて別れられない」

雅紀は真っ青な顔で怯《おび》えていた。ポーズではない。しかし、どういう意味なのか理解できなかった。

「怖くて別れられないって？」

「何するかわからない。あいつ、マジにヤバイ。別れを切りだしたら、手首にナイフを当てやがった」

「……そ……んな……こっちのほうはドライな子だと思っていたのに……」

ああいうタイプはしたたかに男を渡り歩くとばかり思っていた。

「ああ、初めて知ったけど果歩の男遍歴は凄《すご》かったぞ。次から次へとまぁ、たくさん。それも、元カレの友達とか元カレの後輩とか元カレの先輩とか友達の彼氏とか姉の彼氏とか、仁義《じんぎ》もクソもない」

「ああ、そういうタイプだろうね」

「果歩、邦衛にフられた後遺症が大きいんだ。今まで一度もフられたことがないのに、邦衛にあんなにひどいフられ方をしているだろ。なんか、なんか、なんか、なんか、もう、凄いんだよ。本当に凄い。怖い」

誰からも羨《うらや》ましがられるような青年に口説かれ、夢のような時を過ごした後、あっさりと捨てられる。邦衛によって性格が変わった女性は何人もいた。この果歩もその一人だ。

この場合、被害者は雅紀だろうか。

　明人は言うべき言葉が見つからない。

「俺はタレント、果歩はジャーマネ、っちゅうほどスケジュール管理が凄《すご》い。バイトが終わったら何時の電車に乗って帰る、一本遅れたらこの時間、なんてことまでチェックしてやがる。もちろん、合コンは禁止、女友達とメシ食うのも茶を飲むのも禁止、それどころか女友達とは喋《しゃべ》るなだ。サークルもやめろってさ。バイトも果歩と同じファミレスだけにしろって。そのくせ、割り勘なし、奢《おご》るのは俺」

「は……」

「俺の携帯までチェックする。メールが届いて十分以内にお返事メールを返信しなかったら泣《な》き喚《わめ》く」

　邦衛の不条理に比べたらマシだ、と言いかけたがやめた。悲愴《ひそう》感が漂っている雅紀の地雷である。

「はは……」

「真夜中、来てくれなきゃ死んでやる、で電話を叩《たた》き切《き》る。頭にきて行かなかったら頭痛薬と睡眠薬を一気に二箱も飲みやがった」

「うっ……」

「助かったけどな」

「よかったな」

「困った」

「うん」

「どうすりゃいい？」

　雅紀が軽めのルックスに釣り合う性格をしていたならば、悩むことなく果歩を捨てていただろう。別れた後の果歩が取り返しのつかないことをしても構わないと。

「わからない」

「邦衛、今回ばかりは恨むぞ」

　雅紀に凄《すご》まれても邦衛は顔色一つ変えなかった。そもそも、どうして恨まれるのかも理解していない。

「え？」

「果歩、マジに危ないんだ」

「そう」

「そうじゃない。マジに危ない、凄いんだよ」

「いやなら別れればいい」

「俺の話を聞いていなかったのか？　ちょっとでもそんな素振りを見せたらリストカットか睡眠薬だ。下手をしたら、俺ンちの前で首吊《くびつ》りだ。ついでに言うと、もうすでに遺書を三通受け取った。あれだけ読めば、どう間違っても俺が果歩を自殺に追いやった奴だ」

幽鬼《ゆうき》を背負っている雅紀が気の毒で、明人は立良に視線を流した。

「立良、ちょっと見ない間にやつれたな」

「ああ」

「どうしたんだ？　ボクサーにでもなったのか？」

「…………」

「ん？　腹でも壊したのか？」

「……その……」

「まさか、拒食症じゃないよな？」

立良は邦衛に視線を流した後、ポツリと呟《つぶや》いた。

「どうしてこうなったのかわからない」

「だから、どうしたんだ？」

「ん……」

言い渋っている立良の背中を雅紀はポンポンと軽く叩《たた》いた。

「こいつンちに行ったら、夢みたいに綺麗《きれい》なお兄ちゃんが風呂《ふろ》からでてきた。部屋には布《ふ》団《とん》がひと組だけ敷いてある。びっくりしたぞ」

「夢みたいに綺麗な兄ちゃん？」

「あんな綺麗《きれい》な兄ちゃん見たの初めて」

「綺麗な兄ちゃんって、もしかして、あの時の？　ホテルで邦衛から押しつけられた？」

邦衛を探して、立良と一緒にラブホテルに入った時のことを思いだした。邦衛が一目《ひとめ》惚《ぼ》れしたスーツ姿の麗人は立良と腕を組んでいた。あれから何があったのか、尋ねなくても想像がつく。

「そうだ」

「あ……その……あの人と？」

「どうしてこうなったのかわからない」

苦渋に満ちた顔、辛《つら》そうな声、全身から立良の苦悩と哀愁が漂ってくる。こんなに苦しそうな立良を今まで一度も見たことがない。

立良は同性に興味がある男には思えなかった。でも、この様子からして、深い関係が続いている。

間接的にせよ、邦衛で人生を踏み外した男がここにもいた。

「お前、そっちの趣味あったのか？」

「お前らじゃあるまいし、まさか」

「…………」

「だから、どうしてこうなったのかわからないんだ」

押して押して押しまくられたとしても、いつもの立良ならばきっぱりと断っていたはずだ。それをしなかったのは年上の麗人に惹《ひ》かれたからに違いない。明人が知る限り、今まで立良に特別な相手は一人としていなかった。至福の時を過ごしている最中ではないのか。

「で、どうしてそんなにやつれているんだ?」

「うっ……」

「あの綺麗《きれい》な人も果歩ちゃんみたいなのか?」

「違う」

「あの綺麗な人の手料理が死ぬほど不味《まず》いとか?」

「そ、そうだ」

立良の表情と口調から嘘《うそ》だとわかる。

「違うんだな」

「死ぬほど不味い手料理を食べているということにしておいてくれ」

「立良?」

やつれ果てた立良の顔を覗《のぞ》き込《こ》んだが返事はない。憮然《ぶぜん》とした顔の雅紀が吐き捨てるように言った。

「こいつは贅沢《ぜいたく》な悩みだ」

「贅沢《ぜいたく》な悩みって？」

「あの綺麗《きれい》な人、あっちのほうが凄《すご》いの。こいつは精力を搾《しぼ》り取られているだけ」

立良の体重減の理由に気づいた明人は笑った。

「なんだ、立良が頑張ればいいだけじゃないか」

「おい」

「楽しい悩みじゃないか」

「凄いんだ」

「いいじゃないか」

「凄いんだよ」

「そんなことでやつれるな」

「本当に凄いんだ。俺は寝る暇もない」

「贅沢な悩みだ」

「無茶苦茶凄いんだよ」

雅紀も『凄い』を連発していたが、立良も『凄い』を連発している。しかし、立良のほうは幸せそうだ。

「邦衛、あの人のこと、覚えているか？」

今の立良の綺麗な恋人は、邦衛が一目《ひとめ》惚《ぼ》れした青年だ。しかし、案《あん》の定《じょう》、邦衛は首を左右に振っていた。

「わからない」

「じゃ、忘れたままでいてくれ」

「ああ」

「手を出さないでくれ」

「わかった」

大きな溜《た》め息《いき》をついた立良の肩を明人は軽く叩《たた》いた。

「俺、まさか、ホモになるとは夢にも思わなかった」

「ま、そうだろうな」

「誰にも言えん」

立良は初めてできた恋人の性別でも悩んでいる。同性相手に長い間苦しんでいた明人にしてみれば微笑《ほほえ》ましくも楽しい。

「気にするな」

「明人、楽しそうだな」

「そうか？」

「そんな楽しそうな顔を見たの、久しぶりだ」

緩みっぱなしの頬《ほお》を戻すことができない明人に、立良は眉《まゆ》を顰《ひそ》めている。雅紀はズバリと言い当てた。

「そりゃ、明人はホモ仲間ができて嬉《うれ》しいんだよ」

「ホ……モ仲間」

立良の声のトーンが一段と低くなる。

雅紀は畳みかけるように続けた。

「田舎のご両親、都会に出した一人息子がホモになったなんて知ったら悲しむだろうな〜っ。一人息子が痩《や》せ細るほど男とヤりまくっているなんて知ったら、嘆くだろうな〜っ。いくら綺麗《きれい》でも男だもんな〜っ、可哀相《かわいそう》に〜っ」

「雅紀、立良の幸せに水をさすな」

明人は雅紀の目の下のクマを突《つ》きながら言った。

「ホモ率上がったな」

「ホモ率？」

「この中で俺だけじゃん、まともなの」

「おい……」

何を訊《き》いても飄《ひょう》々《ひょう》としている邦衛を見つめながら、雅紀はしみじみと言った。

「一人おかしいのがいると周りまでおかしくなるのかな？　無茶苦茶な奴に巻き込まれるっていうのかな？」

雅紀は果歩に振り回されている。果歩は邦衛から押しつけられたようなものだ。幸せそうだが、真面目《まじめ》で堅物な立良が道を踏み外したのは邦衛の節操のなさからである。邦衛があの麗人を立良に引き合わせなければ、まかり間違っても同性に走ることはなかっただろう。

確かに、二人とも、邦衛の関係者でなければこういう結果は迎えなかった。

「あ……」

「明人、何か言え」

「いや……」

「ここまで周囲を巻き込む邦衛も凄《すご》い。明人、これでお前だけが幸せになるなんて許さない。俺が果歩と上手《うま》く別れられるまで、邦衛に振り回されていろ。邦衛のえっちにも付き添え。泣いてこい」

明人は乾いた笑いを披露するしかなかった。旗色が悪くなったので退散しようと思ったが、邦衛は明後日《あさって》のほうを向いている。

その視線の先には若い講師がいた。

邦衛の目はハンター、若い講師がターゲットだ。

案《あん》の定《じょう》、邦衛はレンガ造りの校舎に入っていく講師の後を追う。

今までの明人なら無言で見送っていた。

だが、もう耐えるだけの日々はいやだ。

「邦衛っ」

明人は邦衛の背中に回《まわ》し蹴《げ》りを決めた。

大きく前につんのめったが、転倒したりしない。すんでのところで踏《ふ》み留《とど》まっている。

コートで自由自在に動き回っていたエース時代の名残《なごり》だ。

「明人？」

「俺とあの人、どっちを選ぶ？」

明人は高飛車《たかびしゃ》に言い放った。もちろん、自分が選ばれないとは夢にも思っていない。

俺を選ばなかったら、殴り倒してでも選ばせるぞ。

お前には俺しかいないってな。

明人は無言で固まっている邦衛を思いきり睨《にら》みつけた。

「どちらかを選べ」

「明人」

望んだ言葉が返ってきても優しく微笑《ほほえ》んだりしない。明人は畳みかけるように強い口調で言いきった。それも人差し指を邦衛の顔面に突きつけながら。

「じゃ、俺だけにしろ。今までみたいなことは許さない」

「……………」

「いいな」

「………」

「俺がいるからいいだろう」

明人は邦衛の腕を摑《つか》むと校門のほうに向かって歩きだした。呆然《ぼうぜん》としている雅紀と立良に手を振って、別れの挨拶《あいさつ》とする。詮索《せんさく》されるのは明日にしよう。

「明人、痛かった」

「そうだろう」

「そんなに怒らなくても」

「怒るに決まってるだろう。俺だけにしろ。いいな。どんな美人だろうがどんな男前だろうが、ほかの奴を口説いたら承知しない」

明人が思いきり凄《すご》むと、邦衛は小さく頷《うなず》いた。

それから、詫《わ》びが入った。

「ごめん」

明らかに邦衛は照れている。明人に独占欲を見せられるのも嬉《うれ》しいらしい。

こんなことならさっさと妬《や》きまくっておけばよかった、と明人は後悔する。

これからは妬きまくってやる、俺の目の前でほかの奴を口説かせない、と決めていた。

ずっと耐え続けるのは精神衛生上とても悪い。

根性と忍耐に自信はあるが、清衛《きよえ》が最後に選んだ静子《しずこ》のように、長い間じっと耐え続けるのは、想像するだけで気が遠くなる。

また、途方もない邦衛にいつかブチ切れるかもしれない。そうなったらもう遅いのだ。

もともと、おとなしいわけではないし、気が弱いわけでもない。無口でもなかった。

邦衛といつまでも一緒にいたい。

ゆえに、これからは感情を剝《む》き出《だ》しにする。

「言うだけじゃすまない。ちゃんと実行しろよ」

「わかった」

「その言葉、忘れるなよ」

「うん」

校門を出て、家路に向かう。

講義に向かう学生の波と駅に向かう学生の波、見慣れた日常が広がっている。邦衛にチラチラと視線を流している女子学生が多い。これもいつものことだ。

コンビニとたいして変わらないこぢんまりとしたスーパーが視界に入った時、邦衛の目の色が変わった。

「買い物していく」

「何を買うんだ？」

「たくあん」

「一食につきたくあん七本、一日計二十一本、いいかげんにやめろ」

邦衛のたくあんにかける執念は凄《すさ》まじかった。何せ、明人に付き添っていても必ずたくあんを入手、ポリポリと規則正しい音を立てながら食べている。それも、切らずにだ。明人の抵抗も邦衛の前には無駄だった。

「一食につき七本のたくあんを食べないと気がすまない」

「たくあん以外のものも食え」

「たくあんの味が消えるからいやだ」

「栄養不良で死ぬ」

「漬物は身体《からだ》にいいと医者も看護婦さんも言っていた」

医者も看護師も、邦衛のたくあんの丸かじりを目の当《ま》たりにしていたら、そんなことは言わなかっただろう。

「お前の食生活を知ったら、その場で栄養指導が始まっていたぞ。たくあん以外のものも食ってくれ」

「たくあん、買って帰ろう」

たくあんを売っているスーパーではなく、ファミリーレストランかカフェあたりに入って、夕食をすませたかった。とりあえず、この手の飲食店にたくあんだけというメニューはない。

「たくあん以外も食おう」

「たくあん」

「たくあん、たくあんと言うな」

明人は邦衛の肩を抱いて、スーパーの二つ隣にあるカフェに入ろうとした。若いマスターが切り盛りしているこの店のカフェ飯は安い上に美味《うま》い。

「大根の漬物を買う」

「もっと違うことを言え」

「明人、好き」

「よし」

明人が微笑《ほほえ》むと邦衛はスーパーの中に入っていってしまう。早く止めないと、買《か》い物籠《ものかご》をたくあんだけで埋める。目にも止まらぬ早業でレジに進むだろう。

「邦衛、待て」

邦衛の節操のなさは改善されそうだが、食生活は改善される見込みがない。もうちょっとマシなものにハマってくれ、と明人は天に祈るばかりだった。もちろん、永遠を求める邦衛に永遠を与えさせてくれとも祈った。

あとがき

講談社X文庫様では初めまして。運動不足解消のためにスイミングクラブに入会しようとしましたが、接骨院の先生に止められた樹生《きふ》かなめざます。

確かに、入会したものの、お金だけ払い続けることになるでしょう。

過去にもそういうことがございました。かつて入会していたスポーツジムに、払い続けた金額と利用回数を思い出すだけで、溜《た》め息《いき》をついてしまいます。

三日坊主は健在です。

でも、三日坊主で終わらないと申しますのか、やっかいな方面での持続力と申しますのか、そういうのも持っています。

その一つはハマり食べ物。

料理上手な友人のところでご馳走《ちそう》になったカレーがとても美味《おい》しくて、自分の中でカレー・ブームが巻き起こりました。はい、毎食、カレーを食べないと気がすまない、という時期がございました。

料理上手な友人のところでご馳走《ちそう》になった手の込んだサラダがとても美味《おい》しくて、自分の中でサラダ・ブームが巻き起こりました。はい、毎食、サラダを食べないと気がすまない、という時期もございました。

料理ができなかった友人の作ったハンバーグがとても美味しくて、自分の中でハンバーグ・ブームが巻き起こりました。はい、毎食、ハンバーグを食べないと気がすまない、という時期がございました。

自分でもよくわからないのですが、いきなりラーメンと水なすびの漬物の組み合わせにハマってしまい、毎食、ラーメンと水なすびという時期もございました。それまで、お漬物は好きではなかったのですが。

よく考えてみれば、友人にも、ハマる時にはとことんハマる、というようなタイプが多かったような気がします。

ちなみに、樹生かなめは、今でもマイブームを巻き起こした食べ物は好きです。不条理な男のように飽きたハマリものには見向きもしない、ということはありません(笑)。

これなら毎日毎食でも食べられる、という大好物がございます。それはだいたいにおいて身体《からだ》によろしくありません。

よほどのことがない限り、毎食、食べるようなことは控えています。

が、大好物を控えるのは辛《つら》いですね。スタイルより健康のために、大好物を控えることになった自分の歳《とし》にも、ブルーざますが。

ひょんなことから、大好物から遠ざかる方法(?)を聞きました。某羊羹《ようかん》工場ではスタッフに「羊羹食べ放題」という特典がつくそうです。経営者は「羊羹工場に働きにくるんだから、羊羹が好きなんだろう」と。また「食べ放題としておけば、盗み食いもないだろう」と。

昼食の代わりに羊羹を食べる方もいらしたそうです。皆様、毎日、お腹いっぱい羊羹を食べたとか。

でも、日がたつにつれ、皆様、羊羹を受けつけなくなったそうです。

飽きるまで食べ続ける、というのが大好物から遠ざかる方法の一つでしょうか？

ちなみに、樹生かなめは洋菓子の工場でバイトしていた時期がございます。

盗み食いしたい心を抑えながら働いていました。ええ、さすがに、盗み食いはできませんでした(笑)。

バイト先の工場に「食べ放題」の特典はありませんでしたが、休憩時間にお菓子を貰《もら》うことは何度かありました。

バイト仲間たちと川を見ながら、新作やちょっと形が悪くて売り物にならないお菓子を、むしゃむしゃと食べた思い出がございます。

そこで交わされたお喋《しゃべ》りの内容は覚えていませんし、仲良くしていただいていたバイト仲間の名前も忘れています。

でも、バイト仲間の輪郭は鮮明です。

今の樹生かなめの中では爽《さわ》やかでいて切ない思い出となっています。

原稿を抱《かか》えている時でしたが、寝不足のせいかフラついて、ベルトコンベアの急停止のスイッチを押してしまったことがあります。

それも一度や二度ではありません。

「すみません、私が止めてしまいました」と、真っ青な顔で謝ったものです。古かったのか、調子が悪かったのか、理由は知らないのですが、よく止まるベルトコンベアだったので「黙っていればいいものを馬鹿正直に」と、バイト仲間にはよく呆《あき》れられました。でも、なんというのでしょう、条件反射で謝っていましたね。

機械に凄《すご》い勢いで顔をぶつけたこともございました。どうしてそんなところで転ぶんだ、という場所で見事な大転倒も披露しました。冷や汗ものの思い出も鮮明です。

どういうわけか、思い出話になってしまいました。

奈良千春《ならちはる》様、素敵なイラストをありがとうございました。深く感謝します。

担当様、いろいろとありがとうございました。深く感謝します。

読んでくださった方、ありがとうございました。

再会できることを祈っています。

雨の夜　樹生かなめ

樹生かなめ先生の『不条理な男』、いかがでしたか？
樹生かなめ先生、イラストの奈良千春先生への、みなさんのお便りをお待ちしております。
樹生かなめ先生へのファンレターのあて先
〒112-8001 東京都文京区音羽2-12-21 講談社 X文庫「樹生かなめ先生」係
奈良千春先生へのファンレターのあて先
〒112-8001 東京都文京区音羽2-12-21 講談社 X文庫「奈良千春先生」係

N.D.C.913　262p　15cm

樹生かなめ（きふ・かなめ）

講談社X文庫

血液型は菱型。星座はオリオン座。
自分でもどうしてこんなに迷うのかわからない、方向音痴ざます。自分でもどうしてこんなに壊すのかわからない、機械音痴ざます。自分でもどうしてこんなに音感がないのかわからない、音痴ざます。自慢にもなりませんが、ほかにもいろいろとございます。でも、しぶとく生きています。
樹生かなめオフィシャルサイト・ROSE13
http://homepage3.nifty.com/kaname_kifu/

white heart

不条理《ふじょうり》な男《おとこ》

樹《き》生《ふ》かなめ

●

2004年11月５日　第１刷発行

定価はカバーに表示してあります。

発行者――野間佐和子
発行所――株式会社　講談社
東京都文京区音羽2-12-21　〒112-8001
電話　編集部　03-5395-3507
販売部　03-5395-5817
業務部　03-5395-3615
本文印刷―豊国印刷株式会社
製本―――株式会社千曲堂
カバー印刷―半七写真印刷工業株式会社
デザイン―山口　馨

落丁本・乱丁本は購入書店名を明記のうえ、小社書籍業務部あてにお送りください。送料小社負担にてお取り替えします。なお、この本についてのお問い合わせは文庫出版局X文庫出版部あてにお願いいたします。

ISBN4-06-255766-5

講談社X文庫ホワイトハート・大好評恋愛＆耽美小説シリーズ

「…大好き。」　秋津京子
女嫌いの冬実が好きになったのは……!?　（絵・唯月　一）

ベッド・サバイバル　終わらない週末　有馬さつき
早くタカに会いに行きたいよ。　（絵・藤崎理子）

オンリー・ワン　終わらない週末　有馬さつき
トオルがいなけりゃ、OKしてたのか？　（絵・藤崎理子）

ドレスアップ・ゲーム　終わらない週末　有馬さつき
男だってことを身体に覚え込ませてあげるよ。　（絵・藤崎理子）

シークレット・プロミス　終わらない週末　有馬さつき
そんなことしたら、その気になるよ。　（絵・藤崎理子）

ギブ・アンド・テイク　終わらない週末　有馬さつき
なにもないなら、隠す必要はないだろう？　（絵・藤崎理子）

ブロークン・チョコレート　終わらない週末　有馬さつき
タカの言葉は信じられない！　（絵・鈴木あゆ）

アオヤマ・コレクション　終わらない週末　有馬さつき
本当に彼となにもなかったのか？　（絵・鈴木あゆ）

アドバンス・セレブレーション　終わらない週末　有馬さつき
ベッドでの特別な夜…最高のプレゼントだよ。　（絵・鈴木あゆ）

ロリィポップ　終わらない週末　有馬さつき
トオルは一度手にしたら離したくないよね。　（絵・鈴木あゆ）

プレシャス・ハプニング　終わらない週末　有馬さつき
そのうちトオルに飽きられるかもしれないな。　（絵・鈴木あゆ）

ヘヴィデイズ　終わらない週末　有馬さつき
トオルは、早川にロイスとの仲を誤解されて…。　（絵・鈴木あゆ）

アポロンの束縛　有馬さつき
〈手〉だけでなく、あなたのすべてがほしい!!　（絵・斐《ひ》火《が》サキア）

愛の夢　ミッドナイト・レザナンス　有馬さつき
この身体を差し出しても聴きたいんです。　（絵・麻生　海）

ミス・キャスト　伊郷ルウ
僕は裸の写真なんか、撮ってほしくない！　（絵・桜城やや）

エゴイスト　ミス・キャスト　伊郷ルウ
痛みの疼きは、いつしか欲望に……。　（絵・桜城やや）

隠し撮り　ミス・キャスト　伊郷ルウ
身体で支払うって方法もあるんだよ。　（絵・桜城やや）

危ない朝　ミス・キャスト　伊郷ルウ
嫌がることはしないって言ったじゃないか！　（絵・桜城やや）

誘惑の唇　ミス・キャスト　伊郷ルウ
そんな姿を想像したら、欲しくなるよ。　（絵・桜城やや）

熱・帯・夜　ミス・キャスト　伊郷ルウ
君は本当に、真木村が初めての男なのかな？　（絵・桜城やや）

☆……今月の新刊

講談社X文庫ホワイトハート・大好評恋愛&耽美小説シリーズ

灼熱の肌 ミス・キャスト　伊郷ルウ
こんな撮影、僕は聞いていません!　(絵・桜城やや)

取材拒否 ミス・キャスト　伊郷ルウ
ロケを終えた和樹を待ち受けていたものは…。　(絵・桜城やや)

代理出張 ミス・キャスト　伊郷ルウ
なにもなかったか、確認させてもらうよ。　(絵・桜城やや)

罪な香り ミス・キャスト　伊郷ルウ
もう和樹を守りきれないかもしれない……。　(絵・桜城やや)

誤解の理由 ミス・キャスト　伊郷ルウ
あの写真の中にいる僕は本当の僕じゃない!　(絵・桜城やや)

濡れた瞳 ミス・キャスト　伊郷ルウ
僕は先生の前であんな顔してるんですか?　(絵・桜城やや)

偽りの答 ミス・キャスト　伊郷ルウ
立花があいつのご機嫌取るしかないだろ!　(絵・桜城やや)

不利な立場 ミス・キャスト　伊郷ルウ
あの写真よりいい顔を、見せてもらうよ。　(絵・桜城やや)

一抹の不安 ミス・キャスト　伊郷ルウ
ついに証拠写真を元木に奪われた和樹は……。　(絵・桜城やや)

揺れる心 ミス・キャスト　伊郷ルウ
やっぱり、僕は知られるのが恥ずかしい…。　(絵・桜城やや)

決断のとき ミス・キャスト　伊郷ルウ
〝ミス・キャスト〟シリーズ最終巻!!　(絵・桜城やや)

恋のテイスティング　伊郷ルウ
住み込みの料理人として雇われた学斗は……。　(絵・麻々原絵里依)

恋のシーズニング　伊郷ルウ
俺はあいつのことなんて好きじゃない!　(絵・麻々原絵里依)

恋のドレッシング　伊郷ルウ
俺より大切なものがあるんだろ!?　(絵・麻々原絵里依)

恋のミキシング　伊郷ルウ
好きでもないのに試すんですか?　(絵・麻々原絵里依)

メールボーイ　伊郷ルウ
あいつは俺がいただくと決めたんだ!　(絵・小路龍流)

前途は多難 メールボーイ　伊郷ルウ
先輩にあんなことをされなかったら僕は……。　(絵・小路龍流)

キスの法則　和泉　桂
このキスがあれば、言葉なんて必要ない。　(絵・あじみね朔生)

キスの欠片《かけら》　和泉　桂
雨宮を仁科に奪われた千冬は……。　(絵・あじみね朔生)

キスのためらい　和泉　桂
許せないのは、愛しているからだ。　(絵・あじみね朔生)

☆……今月の新刊

講談社X文庫ホワイトハート・大好評恋愛&耽美小説シリーズ

烏—CROW— 硝子の街にて[10] 柏枝真郷
ピュアなラブストーリーに転機が訪れる。 (絵・茶屋町勝呂)

矢—ARROW— 硝子の街にて[11] 柏枝真郷
ノブ&シドニー。確かなる愛を求めて——。 (絵・茶屋町勝呂)

禁—DISALLOW— 硝子の街にて[12] 柏枝真郷
シドニーがノブの元から消えた。なぜ!? (絵・茶屋町勝呂)

黄—YELLOW— 硝子の街にて[13] 柏枝真郷
'99年春。迫る戦争の足音にシドニーは……。 (絵・茶屋町勝呂)

塵—WINDROW— 硝子の街にて[14] 柏枝真郷
シドニーの戦友の自死。シスコへの旅立ち……。 (絵・茶屋町勝呂)

転—WALLOW— 硝子の街にて[15] 柏枝真郷
幼い子どもの発砲事件。〝犯人〟も父も消えた。 (絵・茶屋町勝呂)

兆—FORESHOW— 硝子の街にて[16] 柏枝真郷
自殺!? 他殺!? シドニーの先輩の死の謎。 (絵・茶屋町勝呂)

潮—FLOW— 硝子の街にて[17] 柏枝真郷
ノブを取り巻く世界が、少しずつ変わる。 (絵・茶屋町勝呂)

いのせんと・わーるど かわいゆみこ
七年を経て再会した二人の先に待つものは!? (絵・石原 理)

深海魚達の眠り いのせんと・わーるど かわいゆみこ
巨悪と闘い後輩を想う…。検察官シリーズ第2弾。 (絵・石原 理)

邪道 無限抱擁[上] 川原つばさ
お待たせしました! 伝説の「邪道」復活! (絵・沖麻実也)

☆邪道 無限抱擁[下] 川原つばさ
アシュレイへの想いは嫉妬の炎に包まれて! (絵・沖麻実也)

☆不条理な男 樹生かなめ
一瞬の恋に生きる男、室生邦衛登場!! (絵・奈良千春)

ムーンライトホテル 桜木美郷
第9回ホワイトハート大賞《期待賞》受賞作! (絵・川越幸子)

新世界 君に還る場所 桜木美郷
おまえを、俺の命に替えても守り通す…。 (絵・マツモトタカシ)

この貧しき地上に 篠田真由美
この地上でも、君となら生きていける……。 (絵・秋月杏子)

この貧しき地上に II 篠田真由美
ぼくたちの心臓はひとつのリズムを刻む! (絵・秋月杏子)

この貧しき地上に III 篠田真由美
至高の純愛神話、ここに完結! (絵・秋月杏子)

ロマンスの震源地2[上] 新堂奈槻
炯《けい》は元一《もとかず》と潤哉のどちらを選ぶのか……!? (絵・麻々原絵里依)

ロマンスの震源地2[下] 新堂奈槻
炯の気持ちは元一に傾きかけているが…。 (絵・麻々原絵里依)

☆……今月の新刊

講談社X文庫ホワイトハート・大好評恋愛&耽美小説シリーズ

11月は通り雨　新堂奈槻
オレが殺人犯⁉　目を覚ますと隣に美少年が‼（絵・麻々原絵里依）

水色のプレリュード　青海　圭
僕は飛鳥のために初めてラブソングを作った。（絵・二宮悦巳）

百万回のI LOVE YOU　青海　圭
コンブから飛鳥へのプロポーズの言葉とは？（絵・二宮悦巳）

16Beatで抱きしめて　青海　圭
2年目のG・ケルプに新たなメンバーが…。（絵・二宮悦巳）

愚者に捧げる無言歌《ロマンス》　仙道はるか
——俺たちの『永遠』を信じていきたい。（絵・沢路きえ）

ルナティック・コンチェルト　仙道はるか
大切なのは、いつもおまえだけなんだ！（絵・沢路きえ）

ツイン・シグナル　仙道はるか
双子の兄弟が織り成す切ない恋の駆け引き！（絵・沢路きえ）

ファインダーごしのパラドクス　仙道はるか
俺の本気は、きっと国塚さんより怖いよ。（絵・沢路きえ）

メフィストフェレスはかくありき　仙道はるか
おまえのすべてを……知りたいんだ。（絵・沢路きえ）

記憶の海に僕は眠りたい　仙道はるか
ガキのお遊びには、つきあえない。（絵・沢路きえ）

刹那に月が惑う夜　仙道はるか
もう、俺の顔なんか見たくないのか……。（絵・沢路きえ）

官能的なソナチネ　仙道はるか
かつて美幸を襲った男が、再び現れて……。（絵・沢路きえ）

夢の欠片が降る楽園　仙道はるか
先生を好きでいること、許してよ。（絵・沢路きえ）

ワルプルギスの夜に啼《な》く　仙道はるか
国塚に似たその男に初めて会った静流は…。（絵・沢路きえ）

恋に至るまでの第一歩　仙道はるか
先生、俺にあの時の続きをさせてよ——。（絵・沢路きえ）

天蠍宮《スコーピオン》の誘惑　仙道はるか
金光と由貴のもとに舞い込んだ事件とは…。（絵・沢路きえ）

幻惑のリリス　仙道はるか
ついに金光は謎に包まれた彼の過去を知る⁉（絵・沢路きえ）

ヤヌスの末裔　仙道はるか
双子の兄弟に隠された秘密を知った佑は…。（絵・沢路きえ）

真夜中にダンスを踊ろう　仙道はるか
トオルにとって俺はその程度の存在なんだ。（絵・沢路きえ）

黒く光る月夜の森　仙道はるか
佑が少年の行方不明事件に巻き込まれた‼（絵・沢路きえ）

☆……今月の新刊

講談社X文庫ホワイトハート・大好評恋愛&耽美小説シリーズ

柊探偵事務所物語
俺はあんたに守ってほしいんだよ!
仙道はるか（絵・沢路きえ）

迷い家の里 柊探偵事務所物語
由貴たちは依頼人と共に古い屋敷を訪れて…。
仙道はるか（絵・沢路きえ）

コードネームは蠍の心臓《コル・スコルピオ》 柊探偵事務所物語
由貴さんの口から真実が聞きたいんです。
仙道はるか（絵・沢路きえ）

汚れなく、罪なく 柊探偵事務所物語
鳴海のロケ先で起こる怪現象とは!?
仙道はるか（絵・沢路きえ）

魔物な僕ら 聖月ノ宮学園秘話
魔性の秘密を抱える少年たちの、愛と性。
空野さかな（絵・星崎 龍）

学園エトランゼ 聖月ノ宮学園秘話
孤独な宇宙人が恋したのは、過去のない少年!?
空野さかな（絵・星崎 龍）

少年お伽草子 聖月ノ宮学園秘話
聖月ノ宮学園ジャパネスク! 中編小説集!!
空野さかな（絵・星崎 龍）

愛ときどき混戦
おれがおまえで、おまえがおれ……!?
たけうちりうと（絵・真生《まき》るいす）

ウスカバルドの末裔 前編
精霊の棲む王国で、王に愛された少年は!?
たけうちりうと（絵・雪舟 薫）

☆**ウスカバルドの末裔** 後編
大逆の罪で王都を追放されたカノン達は!?
たけうちりうと（絵・雪舟 薫）

危険な恋人
N大附属病院で不審な事件が起こり始めて…。
月夜の珈琲館

眠れぬ夜のために
恭介と青木、二人のあいだに立つ志乃崎は…。
月夜の珈琲館

恋のハレルヤ
愛されたくて、愛したんじゃない…。
月夜の珈琲館

黄金の日々
俺たちは何度でもめぐり会うんだ……。
月夜の珈琲館

しあわせ予備軍
大好評〝N大附属病院〟シリーズ最新刊!!
月夜の珈琲館

青木克巳の夜の診察室
青木の長く奇妙な夜間当直が始まった……。
月夜の珈琲館

青木克巳の夜と朝の間に
深夜、青木のもとに怪しい患者が現れて…。
月夜の珈琲館

空音
恭介は病院内で初めて菊地に出会い――。
月夜の珈琲館

空夢
妻と暮らす朝倉の部屋を訪れた菊地は――。
月夜の珈琲館

幸福の調子
手術で訪れた青年は青木の昔の教え子で……。
月夜の珈琲館

☆……今月の新刊

原稿大募集!

いつも講談社X文庫をご愛読いただいてありがとうございます。X文庫新人賞は、プロ作家への登竜門です。才能あふれるみなさんの挑戦をお待ちしています。

1

X文庫にふさわしい、活力にあふれた瑞々しい物語なら、ジャンルを問いません。

2

編集者自らがこれはと思う才能をマンツーマンで育てます。完成度より、発想、アイディア、文体等、ひとつでもキラリと光るものを伸ばします。

3

年に1度の選考を廃し、大賞、佳作など、ランク付けすることなく随時、出版可能と判断した時点で、どしどしデビューしていただきます。

X文庫はみなさんが育てる文庫です。
プロデビューへの最短路、
X文庫新人賞にご期待ください!

X文庫新人賞

●応募の方法

資　格　プロ・アマを問いません。

内　容　X文庫読者を対象とした未発表の小説。

枚　数　必ずテキストファイル形式の原稿で、40字×40行を1枚とし、全体で50枚から70枚。縦書き、普通紙での印字のこと。感熱紙での印字、手書きの原稿はお断りいたします。

賞　金　デビュー作の印税。

締め切り　応募随時。郵送、宅配便にて左記のあて先まで、お送りください。特に締め切りを定めませんので、作品が書き上がったらご応募ください。

特記事項　採用の方、有望な方のみ編集部より連絡いたします。

あて先　〒112-8001　東京都文京区音羽2-12-21
講談社X文庫出版部　X文庫新人賞係

なお、本文とは別に、原稿の1枚目にタイトル、住所、氏名、ペンネーム、年齢、職業（在校名、筆歴など）、電話番号を明記し、2枚目以降に1000字程度のあらすじをつけてください。

原稿は、かならず通しナンバーを入れ、右上をひも、またはダブルクリップで綴《と》じるようにお願いします。また、2作以上応募される方は、1作ずつ別の封筒に入れてお送りください。

応募作品は返却いたしませんので、必要な方はコピーを取ってからご応募願います。選考についての問い合わせには応じられません。

作品の出版権、映像化権、その他いっさいの権利は、小社が優先権を持ちます。